Carlo Lucarelli

Schüsse aus dem Walkman

Carlo Lucarelli,
geboren 1960 in Parma, Italien, lebt in Mordano bei Bologna. Er hat bereits zahlreiche, in mehrere Sprachen übersetzte Romane veröffentlicht. Außerdem schreibt er Theaterstücke, Comics und Drehbücher für Videoclips und unterrichtet in einer Schreibwerkstatt. Er ist Mitbegründer des literarischen Zirkels *Gruppo 13*, Herausgeber einer Internet-Zeitschrift und moderiert wöchentlich eine Sendung über ungelöste Kriminalfälle im italienischen Fernsehen. Wenn ihm dann noch Zeit bleibt, singt er (miserabel) in einer Post-Punk-Band.

Einen weiteren spannenden Krimi erzählt Carlo Lucarelli in *Das Mädchen Nikita,* erschienen bei Chili im Arena Verlag.

Carlo Lucarelli

Schüsse aus dem Walkman

Aus dem Italienischen
von Ulrike Schimming

[redacted]

Arena

[redacted]

In neuer Rechtschreibung

Die italienische Originalausgabe
erschien 1997 unter dem Titel *Febbre gialla*

1. Auflage 2000

Aus dem Italienischen von Ulrike Schimming
Einbandillustration: Thomas Thiemeyer
Gesamtherstellung: Westermann Druck Zwickau GmbH
ISBN 3-401-05004-4

Für Angelica
(die echte)

Inhalt

Prolog

Fünfzehn Kinder saßen nebeneinander auf fünfzehn gleichen Hockern vor fünfzehn gleichen, runden Tischen aus schwarzem Holz. Der Raum war schmal und lang gestreckt. Er wurde von einer Neonröhre erleuchtet, die weiß und blendend an der Decke hing. Der Geruch des Leders hing schwer in der Luft und war kaum zu ertragen, weil es nur ein kleines Fenster gab. Es war weit oben angebracht und stand immer offen, im Sommer wie im Winter, wie in einem Keller. Das war nichts Besonderes, denn genau das war der Raum: ein Keller.
In diesem Keller nähten die fünfzehn Kinder an ihren runden Tischen Ledertaschen, die auch alle gleich aussahen. Auch die Kinder schienen alle gleich auszusehen. Alle waren zwischen acht und zwölf Jahre alt, alle waren Chinesen, alle mit Unterhosen und weiß-blau gestreiften Unterhemden und Plastiksandalen an den Füßen bekleidet. Alle waren still, arbeiteten mit gesenkten Augen über dem Leder, das gelocht, genäht, punktiert und geklopft werden musste, basta. Ihre Lider waren halb geschlossen, weil sie ja Chinesen waren und mandelförmige Augen hatten, aber auch ein bisschen, weil man bei dem weißen, kalten Licht schlecht sah. Ihre Finger taten weh, denn es waren kleine Kinderfinger, die viel zu klein waren für die großen Ledernadeln, aber auch

ein bisschen, weil sie immer nähen mussten, den ganzen Tag. Nur ab und zu durften sie aufhören, um etwas zu essen, um ein bisschen zu schlafen oder um ihre Bedürfnisse in einem Kübel zu verrichten, der, mit einem Brett bedeckt, in der Ecke stand.
Der Einzige, der kein Kind war, der nicht nähte und eine Hose, ein Hemd und Schuhe trug, war ein Mann mit einem rasierten Schädel, der so glatt war, dass er im Neonlicht glänzte. Er saß auf einem Stuhl neben der einzigen Tür. Seine Füße lehnten an der Wand, seine Hände steckten in den Hosentaschen und auf seinen Ohren saß ein Kopfhörer, mit dem er Musik aus einem Walkman hörte. Ab und zu kam ein anderer Mann in den Raum und schwatzte mit ihm. Er war klein und untersetzt, seine Haare standen in einem Bürstenschnitt nach oben. Die beiden Männer redeten und lachten laut, aber Hô verstand sie nicht, weil sie Pekineser Dialekt sprachen und er aus der Provinz Schanghai kam.
Hô war das zwölfte Kind und saß direkt unter dem Fenster. Er war acht, arbeitete schnell, um nicht aufzufallen, und war sehr mager, weil er ganz wenig aß. Nicht, weil er keinen Hunger hatte, ganz im Gegenteil, er hatte einen Bärenhunger, so wie die anderen Kinder auch. Er aß nicht, weil er auf die passende Gelegenheit wartete.
An diesem Morgen trat der Mann mit dem Bürstenschnitt in den Raum und begann mit Glatzkopf zu reden. Er wollte ihm etwas zeigen, etwas, das er aus einer Sporttasche zog und das dem Glatzkopf einen

bewundernden Pfiff entlockte. Es war eine Maschinenpistole mit einklappbarem Kolben und einem langen, halbmondförmigen Magazin. Bürstenschnitt zeigte es Glatzkopf, der es anfassen und in die Hand nehmen wollte, auch wenn es dem anderen nicht passte. Als er sie in die Hand bekam, umgriff er sie, tat, als zielte er, berührte den Abzug und aus der Maschinenpistole löste sich eine Salve. Die Kugeln schlugen über den Köpfen in der Wand der Kinder ein, die zu schreien anfingen und durch den ganzen Raum liefen. Bürstenschnitt brüllte los, machte einen Satz nach hinten und verpasste Glatzkopf eine Ohrfeige, sodass er die Maschinenpistole fallen ließ. Noch ein Schuss löste sich, prallte von der Mauer ab und pfiff zwischen den erschrockenen Kindern hindurch, die schreiend durcheinander liefen.

Alle, außer Hô. Für ihn war die passende Gelegenheit gekommen. Mit einem Sprung war er auf seinem runden Arbeitstisch, mit einem zweiten klammerte er sich an dem Gitter fest, das vor dem Fenster angebracht war. Weil er so mager war, gelang es ihm, sich zwischen den Stäben hindurchzuschlängeln und nach draußen auf den Bürgersteig, der vor dem Keller entlanglief, zu schlüpfen. Dort brauchte er nur eine Sekunde, um sich die Sandale, die zwischen den Gitterstäben hängen geblieben war, wieder anzuziehen. Dann sah er einen Motorroller, der gerade in der Toreinfahrt hielt, und schlug einen Salto. Als er in China gelebt hatte, war Hô in die Schule gegangen. Aber nicht in eine normale Schule, sondern in die Zirkusschule von Schanghai. Bevor Hô illegal nach Italien eingereist war, hatte er in der Schule Saltos, fliegende Purzelbäume und akrobatische Kunststücke gelernt, genauso wie das, das ihn eben aus dem Keller befördert hatte und ihn jetzt auf dem Sitz des Motorrollers zum Stehen kommen ließ. Der Besitzer, ein Mann mit einer karierten Mütze, wollte gerade absteigen und hatte noch nicht einmal den Motor ausgeschaltet. Hô ergriff den Lenker, gab Gas, ließ den Mann mit der Schachbrettmütze nach hinten fallen und zischte wie eine Rakete durch die Toreinfahrt davon.

37,5°

Wenn ich Fieber habe, sollte ich eigentlich besser im Bett bleiben. Nicht, dass ich mich schlecht fühle, nein, ganz und gar nicht . . . Normalerweise merke ich es erst, wenn das Fieber auf 38, 38,5 steigt. Dann fange ich an zu zittern, bekomme kalte Schweißausbrüche, der Kopf und die Knochen tun mir weh und ich muss mich wirklich ins Bett legen. Aber vorher nicht, ich merke es ja nicht mal. Zumindest scheint es mir so . . . In Wirklichkeit bewege ich mich langsamer, ich bin zerstreut & meine Reflexe sind dürftiger, was dann immer damit endet, dass ich Unheil anrichte.

Aber an seinem ersten Arbeitstag kann man nicht einfach im Bett bleiben, nur weil man siebenunddreißigeinhalb Fieber hat. Das ist einfach nicht drin . . . Und deshalb: ein Aspirin, please, besser zwei, und dann mit dem Auto ab zur Arbeit.

Von Beruf bin ich Polizist bei der Kriminalpolizei in Bologna. Besser gesagt, seit heute bin ich Polizist bei der Kriminalpolizei . . . Bis gestern war ich Schüler der Polizeischule von Ventimiglia und bin im Streifenwagen gefahren, in Uniform. Jetzt bin ich bei der Kriminalpolizei, ein Eliteagent in Zivil.

Eingequetscht in meiner roten Ente fahre ich die Straße entlang, die zum Polizeipräsidium führt.

Mein erster Arbeitstag.

Und ich habe siebenunddreißigeinhalb Fieber.
Vielleicht ist das der Grund, dass eine Art Torpedo, der hinter einer Säule hervorschießt, auf eine meiner Seitentüren zusteuert, als ich von der Hauptstraße nach rechts in eine kleine Seitenstraße zwischen zwei Torbögen einbiege. Ich nehme ihn gerade so aus dem Augenwinkel wahr, ein silbriger Blitz, der auf mich zukommt, gerade & sehr schnell, zischend wie ein Kamikazeflieger. Und ich bin hier tödlich festgenagelt,

QUIIIIEEETSCH
BUM!
TREFFER!

Ein Grund, warum die Ente wirklich ein Schrottauto ist: Sie ist viel zu dünn und besteht nur aus Blech. Wenn ich nicht immer meinen freakigen Cousin um seine beneidet hätte, die kunterbunt & vollkommen mit Stickern beklebt war, hätte ich mir vielleicht nie eine gekauft.
Als der Torpedo sie trifft, wird sie nach rechts geschleudert und überschlägt sich fast. Die Wagentür wird nach innen gedrückt und der Kotflügel verbiegt sich unter einer Art von weiß & blau gestreifter Kugel, die darüber rollt. Verdattert schüttle ich den Kopf, blinzle mit den Augen, dann öffne ich die Tür und springe hinaus. Mein erster Blick gilt der gestreiften Kugel, die ein paar Purzelbäume unter dem linken Torbogen schlägt, anhält und sich dann öffnet.
Es ist keine Kugel, sondern ein Kind in Unterwäsche,

ein chinesischer Junge mit aufgeschlagenen Knien, der mich mit den größten Augen der Welt anstarrt. Um ihn herum liegen einige Blätter Papier, die ihm aus der kurzen Hose gerutscht sein müssen. Ohne sich auch nur das Blut von den Knien zu wischen, versucht er die Blätter einzusammeln.

Doch ich stehe quasi auf ihnen drauf und der Junge macht nur einen Sprung nach vorne, hüpft dann gleich wieder zurück und macht Anstalten, sofort wieder abzuhauen. Er hat den erschrockensten Blick, den ich jemals gesehen habe.

Und ich bin nun wirklich nicht der Typ, der einem Angst einjagt. Außerdem sehe ich noch nicht mal wie ein Polizist aus. Groß bin ich, ja, und dünn wie eine Spargelstange, mit ausrasierten Haaren an den Schläfen & einer Tolle, die mir in die Stirn hängt. Mein klein kariertes Hemd ist von Ben Sherman, die Hose ist eine Levi's Sta-Prest mit Bügelfalte, die Schuhe sind Doc Martens. Darüber trage ich meinen alten Parka mit dem Zeichen der Toasters auf dem Ärmel. Der Parka ist eine Art grüner Eskimoregenmantel, den ich trage, seit ich MOD und dann Scooterboy war. Meine Mutter hat immer versucht ihn zu verbrennen, wegzuschmeißen oder vor mir zu verstecken. Sie fing damit an, als ich siebzehn war. Jetzt bin ich zwanzig. Die Ausbeulung an meinem Gürtel stammt nicht von einer Pistole, die ich nie trage, sondern von meinem Walkman, in dem die alte Kassette von Madness, please, steckt. Ich sehe also ganz & gar nicht wie ein typischer Polizist und/oder ein gefährlicher Gangster aus.

Aber der kleine Chinese hat Angst, macht noch einen Satz nach hinten, dann noch zwei, und als ich einen Schritt auf ihn zugehe, zischt er zwischen den Torbögen davon.
»Halt!«, schreie ich ihm hinterher. »Es ist ja nichts passiert! Nur die Ruhe, es ist ja gar nichts passiert!«
Eigentlich ist ja schon etwas passiert. Meine Ente kann ich ganz offensichtlich wegschmeißen. Auf der einen Seite ist sie verbogen und die Tür eingedrückt wie ein von einem U-Boot torpedierter Panzer. Doch der Motorroller, der sich darin verkeilt hat, versetzt mich so in Erstaunen, dass ich die Augen aufreiße und mir mit der Hand an die Stirn fasse: Es ist eine LAMBRETTA, eine sagenumwobene, wundervolle, original LAMBRETTA AUS DEN 60ER-JAHREN. Weiß, aerodynamisch, verchromt, hooooooochglänzend und komplett mit Seitenspiegeln ausgestattet. Ein Traum, besser gesagt, der TRAUM, noch besser gesagt, **DEEEER TRAAAAUUUUM** im Leben eines jeden Scooterboys. Sie da so verletzt zu sehen, mit dem verbogenen Vorderrad, das aussieht wie eine gebrochene Nase, bricht mir das Herz. Und mir schwant, dass in diesem Moment mein Fieber um ein paar Grade ansteigt.
Es dauert nur einen kurzen Moment. Dann erinnere ich mich wieder, dass ich Polizist bin, auch wenn heute erst mein erster Arbeitstag ist. Ich frage mich:

WAS MACHT EIN CHINESISCHES KIND VON OFFENSICHTLICH ACHT BIS ZEHN JAHREN

AUF EINER WUNDERVOLLEN LAMBRETTA IM STILE DER REAL OLD SIXTIES, DIE MIT VOLLER GESCHWINDIGKEIT UNTER EINEM TORBOGEN HERVORGESCHOSSEN KOMMT?

Ich erinnere mich auch an die Blätter, die noch auf der Erde verstreut liegen, und beeile mich sie einzusammeln. Als ich mich gerade bücke, bläst natürlich eine Windbö zwischen meinen Beinen hindurch und verteilt die Blätter in der Gegend. Eins erwische ich in der Luft und zerknülle es in meiner Faust, ein anderes begrabe ich unter meinen Boots und lasse einen schwarzen Abdruck *Made in England* auf ihm zurück. Dem dritten muss ich fast bis auf die Straße nachlaufen. Ich strecke den Kopf durch den Torbogen und kann ihn gerade noch zurückziehen, um meinen Skalp nicht an ein Mädel auf einem Mofa zu verlieren. Es dreht sich um und brüllt: »HEY, BIST DU BEKLOPPT, DU IDIOT?«
Ich spar mir die Antwort, rette das letzte Blatt und lehne mich an eine Säule, um alle drei genauer unter die Lupe zu nehmen.
Auf dem ersten steht mehr oder weniger Folgendes:

柒捌玖拾甲乙丙丁戊陆柒
戊捌丁甲捌丁甲丁柒戊戊
乙玖捌戊拾甲乙柒陆戊捌

柒陆丁丙甲乙陆柒玖丁戊

柒捌玖拾甲乙丙丁戊陆柒

戊捌丁甲捌丁甲丁柒戊戊

乙玖捌戊拾甲乙柒陆戊捌

柒捌玖拾甲乙丙丁戊陆柒

戊捌丁甲捌丁甲丁柒戊戊

乙玖捌戊拾甲乙柒陆戊捌

柒捌玖拾甲乙丙丁戊陆柒

戊捌丁甲捌丁甲丁柒戊戊

乙玖捌戊拾甲乙柒陆戊捌

柒捌玖拾甲乙丙丁戊陆柒

Das heißt, es ist alles in Chinesisch geschrieben, und da ich vom Chinesischen nun mal nicht die geringste Peilung habe, ist es für mich so, als ob dort überhaupt nichts geschrieben stände. Das Gleiche gilt für das zweite Blatt, auf dem oben rechts allerdings eine Fotografie klebt. Es ist das Foto des kleinen Kamikaze-Chinesen, woraus ich schließe, dass es sich um einen Pass oder irgendetwas Ähnliches handeln muss.

Das dritte Blatt bestätigt meine Vermutung, weil dort immerhin ein paar englische Sätze zu finden sind, von denen einer tatsächlich die Worte *Passport of* und *Chang* beinhaltet. Außerdem einige andere Worte, die,

wenn Chang der Vorname ist, vielleicht die Nachnamen sein könnten.
Gut, denke ich mir, lieber Chang, diesmal gehst du mir nicht durch die Lappen. Ich habe deine Papiere und früher oder später werde ich dich finden.
Ich lächle zufrieden, doch es vergeht mir sofort wieder. Ein schneller Blick auf die Uhr und auf das automobilistische Trauerspiel neben mir erinnert mich daran, dass die Bürozeit schon vor einer halben Stunde begonnen hat und ich nicht mal mehr über ein Transportmittel verfüge. Und ich habe siebenunddreißigeinhalb Fieber. Tendenz steigend.

Ich befürchte, dass ich mir einen gepflegten Anschiss vom Kommissar einfangen werde, stattdessen fällt es nicht mal irgendjemandem auf, dass ich zu spät bin. Ich habe mir gerade den Parka ausgezogen und kann mich eben noch an meinem Schreibtisch niederlassen, als mein Chef, Kommissar De Nicola, ins Büro tritt und mir einige Berichte auf den Tisch legt, die abgetippt werden sollen. Er sagt nur: »Hier, Vittorio, nimm« – und nichts weiter, als ob ich schon seit neun Uhr morgens da sei. Was mich dunkel auf den Gedanken bringt, dass ich hier drin wirklich nur das letzte Glied in der Kette bin. *Hier, Vittorio* ... und basta.
Also warte ich, dass er wieder geht, dann stehe ich auf, nehme die Papiere des kleinen Chinesen und tue so, als ob ich mit einem ultrawichtigen Fall beschäftigt sei. Ich gehe eine Etage höher in das Büro für Ausländerangelegenheiten. Dort arbeitet Todeschini, ein alter Kumpel

aus der Ausbildung. Aber wir kannten uns auch schon vorher.
Bis kurz vor unserem Eintritt in die Polizei haben Todeschini und ich in derselben Band Musik gemacht. Das heißt, wir haben beinahe Musik gemacht. In den Musikgruppen läuft es immer so ab, dass derjenige, der überhaupt kein Instrument beherrscht, den Bass spielt, und wer nicht mal den spielen kann, singt. Todeschini sang. Ich spielte den Bass. Wir nannten uns Kappuccino Kid, trugen Mod-Klamotten und hatten Beatleshaarschnitte, Jacketts, Krawatten und Hosen mit Bügelfalte. Wir machten 60er-Jahre-Musik, Ska und ein bisschen verschärften Rhythm 'n' Blues, was daher kam, dass unser Schlagzeuger ein kahl geschorener und tätowierter Skinhead war, der den Spitznamen Schädel trug. Musikalisch gesehen waren wir eine Katastrophe.
Aber nicht einfach nur *eine Katastrophe*, sondern **DIE KATASTROPHE ÜBERHAUPT!**
Am Bass bin ich nie über ein immer gleiches *Tu-du-dum* hinausgekommen und Todeschini beschränkte sich auf ein rhythmisches *Wau-wau*, sodass es sich mehr nach Gebell als Gesang anhörte. *Schädel* schlug immer nur gleichförmig wie ein Schmied auf das Schlagzeug ein, egal, welches Tempo er einhalten sollte. Seine Varianten gingen von *Tum-tum-tscha* zu *TUM-TUM-TSCHA* bis hin zu unserem Konzert, wo er ein

TUM-TUM-TSSSCCCHHHAARRG!

hören ließ, da er so heftig zuschlug, dass er sich dabei eine Pulsader aufschnitt.
Kappuccino Kid löste sich schlagartig auf, als Todeschi-

ni und ich unseren Militärdienst bei der Polizei antraten.
Wenn Todeschini auch nicht singen konnte, so ist er allerdings ein Genie, was Dokumente angeht. Das war er schon in der Schule, als er die Berichte des Rektors so gut fälschte, dass nicht einmal dieser selbst es bemerkte. Als ich ihm also die drei Blätter des kleinen Kamikaze-Chinesen reiche, zieht er nur eine Grimasse, die seine Stirn unter den Geheimratsecken und den blonden Haaren kräuselt, und grinst.
»Ein vollständiger Pass aus der Provinz von Nanking«, sagt er, »Auswanderungserlaubnis der chinesischen Regierung und Antrag auf vorläufige Aufenthaltserlaubnis. Ich hab hunderte von diesen Dingern gesehen ... Ich brauche höchstens eine halbe Stunde. Und wenn die Papiere in Ordnung sind, dann kann ich dir Gegenwart, Vergangenheit und Zukunft von deinem Chang erzählen. Hat er dir wirklich die Ente zu Schrott gefahren?«
Ich zucke mit den Achseln und schweige, denn ich fühle mich schlecht, sehr schlecht, sowohl tief im Herzen als auch tief im Portmonee.
»Und dein Vater? Weiß er es schon?«
Ich schüttle den Kopf. Das Portmonee schmerzt mich immer mehr.
»Und die Lambretta?«
Die Herzschmerzen kehren zurück. Da ich bezweifele, dass eine Lambretta wie diese einem kleinen achtjährigen Chinesen gehört, wird der rechtmäßige Besitzer Anzeige erstatten, sobald er merkt, dass sie ihm geklaut

wurde. Und dann müssen wir sie ihm zurückgeben. Momentan steht sie im Fuhrpark des Polizeipräsidiums, in der Tiefgarage der Kaserne.
»Na gut … beweg dich in dein Büro zurück, und wenn ich was habe, ruf ich dich an. Ansonsten geb ich dir noch einen Tipp … die von der öffentlichen Ordnung suchen noch Freiwillige für Sonntag, um Dienst auf dem Konzert von U2 zu schieben. Wenn du dich beeilst, kannst du noch mitmachen.«

Ich kann nicht. Nix ist's mit *Ju Tuh*. Der Kommissar hat doch gemerkt, dass ich zu spät war, und als Strafe teilt er mich für das Fußballspiel Pontecchio Marconi gegen Rivazza di Sotto ein, das ebenfalls nächsten Sonntag stattfindet. Mehr als fünfzig Zuschauer werden nicht kommen, doch alle werden wütend sein und unbändige Lust verspüren, sich gegenseitig aufzuschlitzen. Dazu sechs Carabinieri und höchstens drei Polizisten im Ganzen. Das Massaker bis zum letzten Mann von Fort Apache ist so gut wie sicher. Erschwerend kommt hinzu, dass mich Fußball bis jetzt nicht die Bohne interessiert hat.
Den Rest des Vormittages verbringe ich mit dem Tippen und Abtippen von Berichten und auch den Nachmittag & Abend. Denn wenn Todeschini sagt *höchstens eine halbe Stunde*, vergehen in Wirklichkeit ein paar Tage. Wenn er sagt *gib mir 24 Stunden*, dann vergeht eine Woche, und wenn er sagt *spätestens morgen*, dann ist der Zeitpunkt gekommen, wo man ihn gar nicht mehr zu Gesicht bekommt. Tatsache ist jedoch, dass ich den klei-

nen Chinesen für die Versicherung der Ente brauche, weil sie sonst nicht zahlt. Also warte ich, beende meine Schicht und bleibe noch länger im Büro, um mit dem Kommissar wieder ins Reine zu kommen. Weil ich aber die gesamte Arbeit erledigt habe, tue ich so, als ob ich noch etwas tippe, und höre dabei Madness aus dem Walkman. Den Kopfhörer verstecke ich unter dem Hemdkragen.

One step beyond . . . ta-ra-rara ta-ra-ra-rí ra-ra-ra . . .

Ein Schnipsel, der mit Daumen und Mittelfinger abgeschossen wurde, trifft mich an der Nase, dass ich im ersten Moment denke, man hat sie mir weggeschossen. Es gibt nur eine Person, die in der Lage ist, so hart und gezielt zu schießen: Matteo Burrascone. Als wir in der Grundschule waren, schoss er kleine harte Papierkügelchen auf die Hinterteile der Mädchen, die erschreckt aufkreischten. Dann traf er eine ins Auge, wurde von der Schule verwiesen und wir verloren uns aus den Augen. Ich hatte keine Ahnung, dass er auch im Polizeipräsidium arbeitet.

»Passbüro, ist nett . . . vielleicht nicht so interessant wie hier bei der Kriminalpolizei, aber ab und zu kommt uns auch mal etwas Witziges unter. So wie das hier.«

Er legt die Papiere von dem kleinen Chinesen vor mich hin, auf die ein Post-it geklebt ist, das ich nicht entziffern kann, da es verkehrt herum angebracht ist. Er liest es mir vor.

»Chang Qwahn-Zi . . . was *Tschankuanzi* ausgesprochen wird. Die Papiere sind in Ordnung und entsprechen alles in allem einer regulären Aufenthaltserlaubnis, die bei uns im Büro mit Adresse und Telefonnummer registriert ist.«

»Phantastisch, Burrasca. Ich vergebe dir hiermit, dass du mir damals die Katze der Hausmeisterin in den Rucksack gesteckt hast.«

»Das war ich nicht.«

Aber klar warst du das! Ich meine Tigrino, die mörderische Tigerkatze, die mir drei Hefte vom Spinnenmenschen versaut hat, mich bis aufs Blut an der Hand gekratzt hat und der Hausmeisterin gehörte, die mir schließlich fast das Ohr abgerissen hätte, weil sie glaubte, dass ich die Katze dort reingestopft hatte. Du kannst beruhigt sein, Burra, ich verzeihe dir.«

»Warte damit lieber!«

Dieser Burrasca. Er lächelt auf eine Art, die mir nicht gefällt. Ein Lächeln, das ein Unwetter verspricht. Mehr noch: einen Hurrikan, einen Tornado, ein Erdbeben.

»Die Papiere sind echt und auf diesen Chang ausgestellt, aber die Fotografie stimmt nicht. Chang Qwahn-Zi ist in Pangpu in der Provinz von Nanking geboren worden, am 15. Oktober 1872. Herzlichen Glückwunsch, Vittorio. Du hast dir dein Auto von einem 125 Jahre alten chinesischen Kind zu Klump fahren lassen.«

Hô hieß nicht Chang Qwahn-Zi, sondern Hô San-Qwei, was Osankuei ausgesprochen wurde. Er war nicht 1872 in Pangpu in der Provinz von Nanking geboren worden, sondern im Zeichen des Drachen am 25. Dezember 1988 in Soochow in der Provinz von Schanghai. Die Papiere hatte er in Florenz von einem Mann bekommen, der mit der Triade in Schanghai in Verbindung stand und der seinem Vater Yu San-Qwei die Summe von umgerechnet 750 amerikanischen Dollar für ihn gezahlt hatte, damit die Schulden seiner Familie beglichen werden konnten. Ein Vermögen für eine arme Familie wie die seine. Ein Vermögen, das in aller Eile an die Triade, die chinesische Verbrecherorganisation, gezahlt werden musste, denn diese pflegte bei Schulden keinen Spaß zu verstehen. Was sollte man tun? Die einzige Möglichkeit war, ihnen eins von ihren Kindern zu überlassen, zumal sie so viele, zu viele, davon hatten – vier und ein weiteres war unterwegs. In Europa gab es Ehepaare, die bereit waren für die Adoption eines Kindes zu bezahlen, und in Florenz gab es eines, das genau so einen kleinen Chinesen wollte.

So war Hô zusammen mit anderen Kindern versteckt im Laderaum eines Schiffes in Schanghai aufgebrochen und nach Italien gekommen. Doch dort hatten sie festgestellt, dass er bereits acht Jahre alt war und nicht fünf, wie der Vater es behauptet hatte, und acht war für das florentinische Ehepaar zu alt, weshalb sie ihn nun nicht mehr haben wollten. Da es eine Verschwendung von Zeit und Geld gewesen wäre, ihn zurückzuschicken, wurde also beschlossen, ihn in Bologna im Keller Taschen nähen zu lassen. Doch jetzt war Hô geflüchtet und dachte nicht mehr an die Papiere. Er hing in ungefähr zehn Meter Höhe an einer Dachrinne neben einem Fenster und wartete, dass die Frau bald damit fertig war, ihr Kind ins Bett zu bringen, und er hoffte, dass sie das Badezimmerfenster nicht schließen würde. Sie ließ es offen und flink wie eine Katze schlüpfte Hô in die Wohnung, von dort huschte er in das Schlafzimmer, in dem ein großes Bett, ein kleines Gitterbett und ein Telefon standen. Es war das erste Mal, dass er eins benutzte, doch sein Vater hatte ihm gezeigt, wie man es macht, und hatte es ihn zigmal mit einem Pappkarton, auf den er einen Pantoffel gelegt hatte, üben lassen. Den Hörer abnehmen. Neunmal mit den Fingern drücken, in der Mitte, ein bisschen weiter oben rechts und so weiter, wie es ihm beigebracht worden war. Warten, dass jemand antwortet und »Mit Sui sprechen« auf Italienisch sagen. »Splechen Sui«, sagte Hô am Telefon der Wohnung. Dann, sobald Sui am Apparat wäre, auf Chinesisch sagen: »Ich bin Hô, bitte hol mich ab und bring mich nach Hause!«, und den Ort nennen, an dem er sich befände. Aber in dem Augenblick wusste Hô nicht mehr, was er sagen sollte. Wo war er? Wie hieß dieser Ort? Und dieses Haus? Deshalb sagte er nur: »Bologna«, legte den

Hörer auf den Tisch, öffnete das Fenster und rutschte an dem Fallrohr herunter, denn die Zimmertür ging bereits auf und jemand kam in den Raum.
Bevor er flüchtete, hörte Hô über sich in der Wohnung eine Frauenstimme: »Aldo, komm mal gucken . . . der Kleine ist aus dem Bett gekrabbelt und hat nach China telefoniert! Dabei ist er doch erst 18 Monate alt!«
Aber das wurde auf Italienisch gesagt und Hô verstand es nicht.

37,8°

Langsam fange ich an das Fieber zu fühlen. Es ist wie eine Art Elektrizität, die unter der Haut meinen Rücken und meine Beine entlangläuft und eigentlich kaum zu spüren ist. Ich bekomme Lust, mich in meinem Bett herumzudrehen und mir eine kühle Stelle zwischen den Laken zu suchen, um dann wieder in Tiefschlaf zu fallen und mindestens für den Rest meines Lebens zu schlafen, please. Vor allem hätte ich Lust, den Wecker, der mit der Stereoanlage verbunden ist, abzustellen. Jeden Morgen, wenn er klingelt, beginnt *My generation* von Jam zu spielen und ich bekomme unbändige Lust, aus dem Bett zu springen und in Unterhose und Hemd durch das Zimmer zu tanzen. Heute Morgen aber nicht. Heute Morgen bin ich müde, ich fühle mich erschöpft, mir ist kalt und ich möchte im Bett bleiben. Deshalb strecke ich die Hand zur Kommode und ziehe das Kabel des Weckers aus der Steckdose. Dies führt – die seltenen Male, die es geschieht – unweigerlich zum Auftritt von

ANGELICA

Angelica ist meine Schwester und hat einen ganz besonderen Auftrag, den sie mit sadistischer Wonne ausführt. Da sie zur Schule geht, ist diese Verrückte bereits um Viertel nach sieben auf den Beinen und hat von meiner

Mutter den Befehl erhalten, auf meinen Wecker Acht zu geben. Wenn *My generation* weiterläuft, dann ist alles okay, doch wenn das Lied nach den ersten Takten abbricht, dann ist es ihre Mission, in mein Zimmer zu pesen und mit all dem Gewicht ihrer zehneinhalb Jahre auf mein Bett zu springen. Wie gerade jetzt.
Sie fällt in engelsgleichem Flug auf mich nieder wie eine Catcherin und für den Bruchteil einer Sekunde träume ich, dass ich als Passagier in ein Flugzeugunglück verwickelt bin. Ich habe nicht einmal Zeit, zum letzten Mal die wunderhübsche Stewardess zu küssen, als ich schon gegen einen Bergrücken krache und in Flammen aufgehe. Dann öffne ich die Augen und sehe Angelica auf mir liegen, ihr Gesicht über meinem, ihre blauen Augen so dicht vor den meinen, dass sie mir wie ein einziges erscheinen.
»Du hast gestern einen schönen Scheiß mit dem Auto angestellt«, sagt sie mir.
»Ich weiß«, sage ich.
»Papa ist supersauer auf dich.«
»Ich weiß.«
»Er sagt, wenn du das mit der Versicherung nicht regelst, dann gibt er dir nicht eine Lira, um sie reparieren zu lassen.«
»Ich habe meine Arbeit. Ich verdiene mir mein Geld selber.«
»Mit dem Hungerlohn, den du kriegst, kannst du schon froh sein, wenn du überhaupt das Benzin für dein Auto bezahlen kannst.«
»Das ist nicht wahr.«

»Ach ja? Und wieso wohnst du dann noch hier bei uns anstatt dir eine eigene Wohnung zu mieten?«

»Was ist denn mit dir los? Bist du mein Wirtschaftsberater?«

»Nein, ich bin deine Schwester und mache mir Sorgen über deine Zukunft. Sieh mal hier!«

Sie nimmt den Ringfinger meiner rechten Hand und dreht ihn zwischen ihren zarten Fingerspitzen hin und her.

»Was ist mit meinem Finger? Das ist nur ein Finger ...«

»Und warum ist da kein Ehering dran? Du bist bereits zwanzig, fängst langsam an alt zu werden und bist noch nicht verheiratet.«

»Das ist nicht wahr, dass ich alt bin ... und überhaupt, ich fühl mich wohl so.«

»Das kommt, weil du schüchtern bist.«

»Das kommt, weil ... na hör mal, was willst du eigentlich? Und du, bitte schön« – ich berühre ihren Ringfinger mit meiner Fingerspitze –, »warum bist du nicht verheiratet?«

»Spinnst du? Ich bin doch erst zehn.«

Ich weiß, warum sie mir diese Fragen stellt. Damit ich Zeit verliere. Wenn mehr als zehn Sekunden vergehen, nachdem sie auf mein Bett gesprungen ist und ich nicht sofort aufgestanden bin, hat sie das Recht, auf meinen Bauch zu hüpfen. Ich erinnere mich zu spät daran. Alles wegen des Fiebers.

»Nein, Angelica, nein! Bitte aufhören! Mir geht's schlecht!«

Ich springe aus dem Bett und ziehe mich an. Angelica betrachtet mich mit kritischem Blick.

»Was ist?«, frage ich, während ich mir ein schwarzes Fred-Perry-Hemd mit langen Ärmeln überstreife.
»Es ist dein Stil . . . du machst da einen Fehler. Die Musik, die du hörst, und all die alten Klamotten, die du anziehst . . .«
»Na und? Ich bin ein Scooterboy.«
»Ach komm . . . du bist schon über zwanzig! Du solltest deinen Stil ändern, moderner, aktueller eben.«
Ich binde mir die Springerstiefel zu und krempele die Levi's bis zu den Knöcheln hoch. »Zum Beispiel?«
»Ich weiß nicht . . . am Knie abgeschnittene Jeans, Ledergürtel, eine Jacke mit nichts drunter . . .«
Genau dort wollte ich sie haben. Angelica hat nur eine einzige Schwäche. Sie ist bis über beide Ohren in Robbie Williams, einen der Ex-Take-That-Jungs, verknallt, aber sie will nicht, dass es jemand weiß. Ich habe ihre im Schrank aufgehängten Poster entdeckt. Sie weiß, dass ich es weiß, und als ich grinsen muss, hat sie kapiert. Sie wird knallrot.
»Du bist blöd«, sagt sie, »ich hab überhaupt nicht an IHN gedacht.« Sie ist sauer, dreht sich auf den Absätzen herum und verschwindet. An der Tür dreht sie sich noch mal um.
»Ich hatte eine Idee, wie man deinen Chinesen finden könnte«, zischt sie, »aber du bist so widerlich, dass ich sie dir nicht verraten werde.«

Festgekrallt an eine Halteschlaufe inmitten eines Luftzugs, der mir den kalten Schweiß auf die Stirn treibt, fahre ich mit dem Bus zum Präsidium. Das Fieber lässt meine Schultermuskeln schmerzen und auch in meinem Kopf hämmert es ein wenig. Die ganze Zeit denke ich an das Kamikaze-Gespenst.

Burrascone hat mir ein paar Dinge über die illegalen Einwanderer, die aus China hierher kommen, erklärt. Es gibt ungefähr 25.000 offizielle chinesische Einwanderer, von denen viele eine Arbeit haben. Sie sind gut in die Gesellschaft integriert und haben keine besonderen Probleme.

Dann gibt es die illegalen Einwanderer, jedes Jahr mindestens 8.000. Die meisten stammen aus der Provinz Zhejiang südlich von Schanghai und haben jede Menge Probleme.

Um aus China herauskommen zu können, müssen sie mindestens zwanzig Millionen Lire hinblättern, die schon für mich, der ich hier lebe und arbeite, eine ganze Stange Geld wären, ganz zu schweigen für einen Chinesen, der am Verhungern ist. Also erscheint jemand bei ihm und übernimmt seine Schulden. Dieser jemand ist die Triade, die chinesische Mafia. Die Triade bringt das Geld auf und organisiert die Reise, wobei sie die illegalen Einwanderer zuerst in den Laderäumen von Schiffen und dann in den Containern von Lastwagen zusammenpfercht.

Wenn sie in Italien oder in einem anderen europäischen Land ankommen, stehen die Illegalen ohne Geld und ohne Papiere da, weshalb sie dann gezwungen sind ohne Bezahlung und zu Bedingungen, unter denen nicht mal Sklaven gehalten wurden, zu arbeiten, bis sie ihre Schulden abbezahlt haben. Bis dies geschehen ist, ver-

geht ein Zeitraum zwischen zwei Jahren und einem ganzen Leben.
Keiner rebelliert dagegen und keiner redet darüber, zum einen, weil die Triade eine der gefährlichsten Mafias der Welt ist, und zum anderen, weil die Menschen in dem Land, in dem sie als Illegale leben, ihnen nicht gerade behilflich sind. Burrasca hat mir einen Artikel aus der städtischen Tageszeitung vorgelesen, in dem von der Entdeckung einer unerlaubten Lederwerkstatt berichtet wurde, in der siebzehn illegale Einwanderer arbeiteten. Dem Journalisten tat es scheinbar Leid, dass dieser Laden aufgeflogen ist, denn sicherlich – die Chinesen arbeiteten dort wie Sklaven, wurden von den tödlichen Schichten fast umgebracht und hatten unter den ekligsten hygienischen Bedingungen zu leiden, aber immerhin liefen sie nicht in der Gegend herum und dealten mit Heroin. Manchmal, hat Burrasca mir gesagt, erkenne er diese Stadt nicht wieder, und ich habe gesagt, dass dies verflixt noch mal wahr sei.
Als Illegale haben die Einwanderer natürlich keine Papiere, weshalb die Triade ab und zu die Papiere anderer wieder verwertet.
Wenn jemand stirbt, verbietet sie, dass der Tote den Behörden gemeldet wird. Sie lässt ihn auf einem geheimen Friedhof begraben und recycelt dann seinen Personalausweis, seine Aufenthaltsgenehmigung und seinen Pass, indem sie neue Fotos hineinklebt.
So passiert es dann, dass ein zehnjähriger Junge die Papiere eines alten Chinesen bei sich hat.
Und nun? Wo finde ich den kleinen Betrüger? Okay,

auf der einen Seite brauche ich ihn für die Versicherung, aber auf der anderen Seite habe ich gemerkt, dass da etwas Verdächtiges dahinter steckt, das ich aufklären möchte. Und außerdem braucht der kleine Junge Hilfe. Diesen erschrockenen Blick, den er mir zugeworfen hat, kann ich nicht so einfach vergessen. Schlimmer noch, wenn ich nicht bald etwas unternehme, werde ich ihn nie vergessen können.

Wenn dies nicht erst mein zweiter Arbeitstag wäre, würde ich mich krankmelden, denn langsam bin ich es wirklich. Krank, meine ich. Aber ich würde einen schlechten Eindruck beim Kommissar hinterlassen und so erfinde ich eine Ausrede, um mich aus dem Büro zu entfernen.
Ich lasse mir von Todeschini die Adressen aller Begrüßungszentren für Nichteuropäer, der Freiwilligenverbände, der chinesischen Kulturzentren und sogar der buddhistischen Zentren geben. Es gibt jede Menge davon, denn in Bologna leben sehr viele Chinesen, die in der Stadt integriert und organisiert sind, und ich habe keine Ahnung, wie ich das zu Fuß schaffen soll.
Eine Idee schießt mir durch den Kopf.
Ich nehme den Bus und fahre zur Polizeikaserne. Ich spreche mit Marconi, der in der Garage arbeitet und mir jede Menge Gefallen schuldig ist, da ich in der Zeit beim Streifendienst immer seine Nachtschichten übernommen hatte, damit er mit seiner Freundin ausgehen konnte. Marconi lehnt es ab, er wird wütend, dann beruhigt er sich, er zögert, er fängt an nachzugeben und

schließlich ist er einverstanden. Er überlässt mir die Lambretta, solange niemand Anspruch auf sie erhebt. Aber er weigert sich mir beim Reifenwechsel zu helfen. Sicherlich ist es nicht ideal, mit einem Roller durch die Gegend zu fahren, wenn man Fieber hat, doch mit der sagenumwobenen Old Sixties würde ich selbst dann fahren, wenn ich eine Lungenentzündung hätte. Fliegender Parka, rechteckige Sonnenbrille mit bläulichen Gläsern, umgeben von einem Heiligenschein aus kleinen Spiegeln . . . YES! Die Specials im Walkman, zusammen mit Selecter, Madness und Bad Manners in *Das Beste des Ska*, please. Wer, bitte schön, sind schon Take That? Oder East 17? Ash? Oder etwa Oasis?
Ich bin so kribbelig, dass ich auf der Straße mit dem Roller Schlangenlinien nach rechts und links fahre. Und als mich die Carabinieri anhalten, muss ich ihnen meinen Ausweis zeigen. Allerdings tun sie sich auch dann noch schwer mir zu glauben, dass ich wirklich Polizist bin.

Meine Ermittlungen dagegen bringen gar nichts. Überall, wo ich den kleinen Mörder meiner Ente beschreibe, wissen sie erstens: nicht, von wem ich rede, und zweitens: lachen sie mich aus.
Zuerst versuche ich es in einem Begrüßungszentrum, wo mir ein Kriegsdienstverweigerer mit einem Ziegenbärtchen, der hinter seinem Schreibtisch hockt, aufmerksam zuhört. Hinter ihm hängt ein Plakat, auf dem ein ganz kleines Kind aus Ruanda mit einem riesigen Bauch, der unter einem roten Hemd herausquillt, abgebildet ist.

»Wie sieht dieser Junge aus?«
Ich beschreibe ihn: dies, das & jenes. Er nickt und steht auf. Er kommt mit einer Fotografie zurück, die genauso aussieht wie das Plakat, dasselbe Gör, derselbe Bauch und dasselbe rote Hemd.
»Ist es der hier?«, fragt er mich.
»Der hier was?«
»Der Junge, den sie suchen.«
»Nein, ganz bestimmt nicht. Der hier ist schwarz ... meiner ist gelb.«
»Hey ... was soll dieses rassistische Gehabe. Schwarz oder gelb, was macht das schon für einen Unterschied?«
Ich schaue ihn an und weiß nicht, ob ich ihm antworten soll oder nicht, dann zucke ich mit den Achseln. Ich schreibe mir die Merkmale des ruandischen Kindes auf den Block, lasse mir sogar zweimal den Namen sagen, aber kaum stehe ich vor der Tür, reiße ich das Blatt ab und werfe es weg.
Im bischöflichen Begrüßungszentrum ergeht es mir noch übler. Ich betrete den dunklen Korridor, der zu den Büros führt, und lasse die Sohlen meiner Doc Martens auf dem glänzenden Fußboden quietschen. Am Ende des Korridors sitzt in einer Art Pförtnerloge, wo nur an einem der winzigen Fenster der Vorhang hochgezogen ist, ein alter Chinese mit langem Gesicht, der mir mit einem Kopfnicken zulächelt.
»Guten Tag«, begrüße ich ihn, »ich bin auf der Suche nach Informationen über einen kleinen Jungen. Er ist so groß, sieht so aus und ist so angezogen.«
Der Chinese mit dem langen Gesicht nickt und lächelt mir

weiter zu, ohne etwas zu sagen. Ich lächle ebenfalls und wir sehen uns eine Weile an. Dann fange ich von vorne an.
»Ein Junge. Chinese. Dies, das & jenes.«
Nichts. Wenn ich ihn richtig angesehen, ihn lange angestarrt hätte, hätte ich vielleicht behaupten können, dass sein Gesicht ein kleines Stück länger geworden wäre.
»Ich bin Polizist«, sage ich. »Kriminalpolizei. Ich ermittle in einem sehr delikaten Fall. Ich brauche ihre Mitarbeit. Sind sie bereit mitzuarbeiten?«
Der Chinese nickt. Und schweigt.
Mir kommt eine Idee.
»Ah . . . vielleicht verstehen Sie mich nicht. Entschuldigen Sie . . . Sprechen Sie Italienisch?«
Der Chinese nickt energisch und breitet die Arme mit einer Geste aus, so als wolle er sagen *Aber selbstverständlich!* Aber er sagt keinen Ton.
»Sie sind stumm.«
Hinter meinem Rücken taucht eine riesige Nonne auf, die wie Bud Spencer ohne Bart aussieht. Obwohl, bei genauerer Betrachtung hat sie vielleicht sogar einen. Einen Bart, meine ich.
»Er versteht sehr gut Italienisch«, sagt sie, während sie das Kabuff betritt, »aber er kann nicht sprechen. Er ist stumm.«
»Sie setzen einen Stummen in die Pförtnerloge, um die Leute zu empfangen?«
»Natürlich nicht. Sun Moi sitzt nur zufällig hier. In der Pförtnerloge sitze ich und empfange die Leute. Was wollen Sie? Wer sind Sie? Was suchen Sie hier?«
»Ich bin Polizist und suche einen chinesischen Jungen.«

Die Nonne schüttelt den Kopf, hebt eine Hand und greift nach dem Vorhang über dem Fensterchen.
»Gibt es hier nicht«, sagt sie trocken und lässt den Vorhang vor meiner Nase herunterfallen.
In der Tat, meine Nachforschungen gestalten sich ziemlich schwierig. Ich habe kein anständiges Foto von ihm, ich kenne seinen Namen nicht, ich habe keinen ordentlichen Hinweis und – seien wir doch mal ganz ehrlich ... ich habe nicht die geringste Ahnung, wie man so eine Ermittlung durchführt. Darüber hinaus weiß ich nichts über China und die Chinesen. Dies wird mir klar, als ich das erste buddhistische Meditationszentrum betrete.
Vielleicht liegt es daran, dass das Fieber, das mir den Rücken rauf- und runterläuft, gestiegen ist, aber kaum dass ich mich der Schwelle des Zentrums, das aus einem viereckigen Raum mit einem gelblichen Teppichboden besteht, nähere, macht mich der Geruch der Räucherstäbchen schwindelig. In dem Raum knien fünf oder sechs Leute auf dem Boden vor einer Art goldenem Minitempel, der auf einem roten Tischchen am Ende des Zimmers steht. In dem kleinen Tempel hängt ein Gong, den ein Mann hin und wieder mit einem kleinen Hammer zum Klingen bringt, während die anderen eine Art von Litanei hersagen und dabei mit ihren Oberkörpern vor- und zurückpendeln:

NAM-IÒ-REN-GHEN-KIÒ
NAM-IÒ-REN-GHEN-KIÒ
NAM-IÒ-REN-GHEN-KIÒ

Dann setzen alle gleichzeitig und im Takt an sehr schnell aus einem kleinen Buch vorzulesen:

am-tài-bài-rama-sage-tài
bim-bum-bam-astrakàn
bambulè-tschintschuè
ambarambà-tschitschí-cocù
ene-mene-mu-und-raus-bist-du

Ein Mädchen, das ein kimonoähnliches Gewand anhat und ihre schwarzen Haare im Prinz-Eisenherz-Look trägt, bemerkt mich, steht auf und kommt mir entgegen. Sie sieht hübsch aus, ist sehr klein und barfuß, sie lächelt mir auf diese orientalische Art und Weise zu, die in ihren mandelförmigen Augen blitzt.
»Du interessiert an Übung?«, fragt sie mich.
»Übung?«
»Buddhismus Soka Gakkai?«
Für mich klingt das wie Arabisch. Besser gesagt, Chinesisch.
»Nein, danke«, sage ich. »Mir geht es ganz gut so. Ich suche einen chinesischen Jungen.«
»Wie *chinesisch?*«
Ich denke »okay, da ist es wieder, das lustige Ratespiel« und will ihr schon trotz ihres orientalischen Lächelns unverschämt antworten, doch sie erklärt es genauer.
»Im Westen alle sind Chinesen für euch, auch Koreaner, Vietnamesen und Japaner. Du meinen Chinese aus China? Oder Chinese von wo?«
»Chinese aus China«, antworte ich entschieden. Dann

überkommt mich ein Zweifel. »Wieso? Seid ihr keine Chinesen aus China?«
Die Frau schüttelt den Kopf und schon fühle ich mich ein bisschen beschissen wegen des schlechten Eindrucks, den ich wohl schon wieder mal gemacht habe. Nein, also wirklich ... das ist nicht möglich. Nein, also wirklich ... es ist allerdings möglich.
»Wir Chinesen aus Japan«, sagt sie. »Aber richtiges Wort dafür sein Japaner.«
Den Rest des Tages laufe ich wie ein Idiot durch die Gegend und fühle mich so sehr mit Dummheit geschlagen, dass man sie sogar im Internet finden kann, einschließlich E-Mail:

b.lödmann@dummkopf.id(iot)

Den einzigen Schritt nach vorne, der eigentlich einen Rückschritt darstellt, mache ich in dem Verein Italien–China, wo ich mit einem Chinesen rede, der mit einem so unverkennbaren Akzent spricht, wie ihn nur ein echter Bologneser beherrscht.
»Wie alt bist du?«, fragt der Typ mich, nachdem ich ihn gerade nach meinem kleinen Jungen ausgefragt habe.
»Zwanzig ... Warum?«
»Und seit wann bist du bei der Kriminalpolizei?«
»Ähm ... heute ist mein zweiter Tag.«
»Ah ... das erklärt alles. Hör mal, glaubst du wirklich, dass du einfach so etwas herausbekommen kannst, indem du durch die Gegend läufst und Fragen stellst? Du musst wissen, dass die Welt der illegalen Einwanderer,

der chinesischen Illegalen, eine ganz düstere Welt ist, die von absolutem Schweigen beherrscht wird. Die Illegalen haben ihre eigenen Häuser, ihre eigenen Krankenhäuser und ihre eigenen Friedhöfe. Und dahinter stehen die organisierten Verbrecherbanden, die mit der Triade in Verbindung stehen. Du weißt, was die Triade ist?«

»Die chinesische Mafia.«

»Bravo. Meinst du, dass ein Polizeifrischling, der an seinem zweiten Arbeitstag in Palermo herumläuft und Fragen stellt, etwas über die Mafia herausbekommt?«

»Nein, das funktioniert ja nicht mal in Bologna . . .«

»Siehst du. Und nun stell dir das mal in China vor! Denn in der Welt der Illegalen geht es zu, als wäre man in China. Der Junge, den du suchst, versteckt sich in dieser Welt, die dunkler ist als die Hölle, und wem es garantiert nicht gelingen wird, ihn da herauszuholen, ist ein Polizist, der einen Aufkleber von den Toasters auf dem Ärmel seines Parkas pappen hat.«

»Du kennst die Toasters?«

»Ja, aber ich finde sie zum Kotzen. Ich steh auf Heavymetal.«

Enttäuscht und resigniert mache ich mich also auf an die letzte Tür zu klopfen, bevor es dunkel wird, meine Ausrede im Büro sich in Luft auflöst und Marconi mich wegen Diebstahls der Lambretta anzeigt. Es ist ein chinesisches Restaurant mit einem roten Drachen, der auf das Glas der Eingangstür gemalt ist, mit vielen roten Drachen als Dekoration im Innenraum und einem derartigen Gestank nach Frittiertem, dass man denken muss, in der Küche hätten sie gerade einen in die Pfanne gehauen. Einen der roten Drachen, meine ich.

Kaum bin ich drinnen, starrt mich ein Mädchen hinter dem Tresen, der an einer der Wände entlangläuft, lange an, in einer Art, die ich als fragend interpretieren würde. Tatsache ist, dass ich mich mit orientalischen Gesichtern nicht besonders auskenne und Mühe habe, ihren Gesichtsausdruck zu entziffern. Sie presst die Lippen zusammen und reißt die Augen auf ... Erstaunen?

Jedenfalls ist es sehr früh und in dem Lokal ist noch niemand. Sie zeigt auf die Küche und schüttelt den Kopf. Ich sage ihr, dass ich, nein, nicht essen will. Ich will mit dem Besitzer sprechen, Signor Kao. Kao, Mao, Bao ... ich komme mir blöd vor diesen Namen mit offenem Mund zu wiederholen und mir kommen Zweifel, ob ich ihn vielleicht nicht doch völlig falsch ausspreche und was für einen Schwachsinn ich jetzt schon wieder von mir gebe.

Also ziehe ich meinen Ausweis als ausgewählter Agent hervor und das Mädchen reißt die Augen noch ein tück weiter auf, während sie ihren Mund so doll zusammenpresst, dass er fast völlig aus ihrem Gesicht verschwindet. Mit zusammengekniffenem Mund sagt sie etwas, dann zeigt sie auf einen Tisch, drückt mich auf einen Stuhl, obwohl ich das gar nicht will, und schießt in die Küche.

Einen Augenblick später, als ich gerade mit meiner Hand an der Stirn fühle, wie sehr ich koche, rascheln die künstlichen Bambusstangen, die vor dem Eingang zur Küche hängen, und

♥♥♥SIE♥♥♥

kommt herein.
Sie ist das schönste Mädchen, das ich je gesehen habe, auch wenn ich mich – wie gesagt – mit den orientalischen Gesichtern nicht auskenne. Groß, schlank, dunkle Hautfarbe und Mandelaugen natürlich. Ihre schwarzen & glatten Haare werden von einem Haarreifen gehalten. Ein etwas ovales Gesicht & hohe Wangenknochen. Mysteriöser & gleichzeitig sinnlicher Gesichtsausdruck. Sie trägt ein langes, azurblaues Kleid mit einer goldenen Borte, die von dem orientalischen Kragen bis zu ihren Füßen herunterläuft. Ich komme mir vor wie in einem James-Bond-Film.
In der Hand hat das Mädchen ein Tablett mit einer Flasche chinesischen Biers und einem Glas. Ich sage Nein, Nein mit meiner Stimme und mit meinen Händen, aber sie öffnet die Flasche, gießt ein und sieht mich so lange an, bis ich einen Schluck getrunken habe. Das Bier auf leeren Magen zusammen mit dem Fieber dreht mir die Innereien und das Gehirn um, sodass ich sie anlächele, obwohl ich normalerweise schüchtern bin, und sie nach ihrem Namen frage. Sie schaut mich an, mysteriös und sinnlich. Wunderschön. Wunderschöööönnnn.
»Wie heißt du? Name, dein Name ... Ich Vittorio ... Vit-to-ri-o. Und du? Wie du heißen?«

Nachdem ich eine Zeit lang wie Tarzan geredet habe, scheint sie endlich zu verstehen. Sie nickt ernsthaft.
»Sui. Mein Name Sui.«
Ich versuche noch etwas anderes zu sagen, als Signor Kao, ein winziges, aber sehr energisches Männchen, erscheint, der mir sagt, dass er sich schon seit einiger Zeit nicht mehr um die Einwanderer kümmere, dass er nichts damit zu tun haben wolle, es nicht seine Angelegenheiten seien, Guten Abend, danke schön und die besten Empfehlungen an die schöne Frau Gemahlin. Dann wirft er mich hinaus.

Die Via Zanardi in Bologna ist eine derartig breite Straße, dass man an manchen Stellen denkt, man sei auf dem Land, vor allem wenn es Abend wird. Sie ist sicherlich nicht der kürzeste Weg zur Kaserne, doch ich habe sie genau deshalb genommen, um noch ein bisschen länger auf der Lambretta meiner Träume fahren zu können. Ich habe sogar die Kapuze des Parkas hochgeschlagen, damit man den Kopfhörer nicht sieht. Jetzt höre ich Style Council.
You're the best thing I've ever had... du bist das Beste, das ich jemals hatte, und ich kann mich nicht entscheiden, ob das Beste, das ich haben könnte, die Lambretta oder vielmehr die schöne Sui ist. Ich muss noch mal in dieses Restaurant. Sobald ich den Mut dafür aufbringe.
Ich höre das Knurren eines Motors, der näher kommt, der sehr nahe kommt, und für einen Augenblick glaube ich, dass es wieder die Carabinieri sind, die mich anhalten wollen. Ein Blick in die Rückspiegel klärt mich jedoch da-

rüber auf, dass es sich um einen mitternachtsblauen Lieferwagen handelt, der so dicht an mir dranklebt, dass es scheint, als wolle er mich rammen. Ein zweiter Blick sagt mir, dass es *nicht nur so scheint* ... er *will* mich rammen. Ich vermeide den Zusammenstoß mit einem unvermittelten Herumreißen des Lenkers, sodass die Lambretta nach rechts schleudert, mit dem Hinterteil nach links ausbricht, aber auf der Straße bleibt. Sagenumwobene Old Sixties. Ich drehe am Gaszug und schieße nach vorne, doch der Lieferwagen folgt mir, hartnäckig & stur. In ihm sitzen zwei Männer, zwei Schatten, die ich bei der schnell hereinbrechenden Dunkelheit kaum noch erkennen kann: der eine mit einem quadratischen Bürstenhaarschnitt, der andere mit einer karierten Kappe, die verkehrt herum auf seinem Kopf sitzt. Was zum Teufel wollen die? Machen die Witze?
Nein, sie machen keine Witze. Sie drücken ebenfalls aufs Gas und drücken mich an den Bordstein. Ich bremse, ich gebe Gas und befreie mich, aber die beiden kleben immer noch an mir, weshalb ich eine Auffahrt nehme und auf dem Fußgängerweg weiterfahre, bis dieser plötzlich endet und ich mich auf der Straße wieder finde. Ich überquere die Straße vor dem Lieferwagen, dessen Fahrer zum Glück instinktiv auf die Bremse geht. Ich halte direkt auf eine kleine Seitenstraße zu, die so kurvig und eng ist, dass nur wir hindurchpassen, ich auf der Lambretta und der Lieferwagen, der mir wie eine Straßenwalze folgt. Die Straße steigt an und die Sagenumwobene schnaubt, schleppt sich weiter und ich sehe, wie das mitternachtsblaue Blech meine Rückspiegel im-

mer mehr ausfüllt, als ob die Dunkelheit über mich kommen würde. Die Schweine kommen immer näher, immer näher, bis sie mich berühren und ich nur noch darauf warte, dass sie mich umfahren. Doch stattdessen bremsen sie und versetzen mir einen Stoß, der ausreicht, dass ich zur Seite rutsche, aber nicht zerquetscht werde.
Auf jeden Fall fliege ich, die Lambretta kratzt über den Asphalt und bleibt am Rande eines Grabens, in dem ich lande, liegen. Ich stehe auf, wild wie ein Tier ... wütender als Rocky III, IV und V zusammen, balle die Fäuste und brülle: »OH, SCHEISSE, SAG ICH, EUCH ÄRSCHE SOLLTE MAN ...«, aber der Rest des Satzes bleibt mir im Halse stecken.
Der Typ mit dem Bürstenschnitt ist aus dem Lieferwagen ausgestiegen.
In der Hand hält er eine Maschinenpistole.
In der Hand hält er eine Maschinenpistole und entsichert sie.
In der Hand hält er eine Maschinenpistole, entsichert sie und richtet sie auf mich.
In der Hand hält er eine Maschinenpistole, entsichert sie, richtet sie auf mich und schießt.
Wenn ich kürzere Beine gehabt hätte, wäre ich tot gewesen. Tatsache ist jedoch, dass ich schon von Kindesbeinen an diese langen Exemplare besitze und man mich immer wieder zum Hochsprung angetrieben hatte, in der Hoffnung, dass ich eines Tages ein Champion werden würde. Zwar bin ich über die ein Meter fünfzig nie hinausgekommen, aber ich habe gelernt schnell zu

springen, fast instinktiv, sodass ich jetzt mit einem Hechtsprung in den Graben zurückfliege, der mich zwar außer Gefecht setzt, mir aber das Leben rettet, während der Kugelhagel wenige Zentimeter von mir entfernt das Gras abmäht. Ich fasse mit der Hand an den Gürtel, sinnloserweise, da ich keine Pistole dabeihabe, ziehe mich an dem Rand des Grabens hoch und strecke den Arm aus. Da ich nichts anderes habe, benutze ich den Walkman und schreie: »POLIZEI! HALT ODER ICH SCHIESSE!«
Bürstenschnitt ist zu weit entfernt, um zu bemerken, dass ich keine zweiläufige Beretta Kaliber 9 x 19 in der Hand habe, sondern die Kopie von *The Best of Style Council*. Er geht rückwärts und kniet sich hinter den Lieferwagen, während Schachbrettmütze auf seinem Sitz in Deckung geht. Ich gewinne den Bruchteil einer Sekunde, vielleicht zweier Sekunden, was aber nicht lange vorhalten kann, denn wenn ich nicht schieße, dann werden sie merken, dass ich unbewaffnet bin, und werden mich umbringen. Noch blöder – aber ich bin absolut panisch: Ich ziele mit dem Walkman und drücke den roten rec-Knopf.

BUM! BUM! BUM! BUM!

Vier Schüsse in einer Salve lassen die Windschutzscheibe des Lieferwagens zersplittern, während ein fünftes

BUM!

den Scheinwerfer an der Ecke weghaut, direkt vor

Bürstenschnitt, der nach hinten springt und einen chinesischen Fluch ausstößt, à la 柒捌玖!
Mützchen zündet den Motor, braust wie ein Verrückter rückwärts, wobei er fast Bürstenschnitt überfahren hätte, der sich an die Tür hängt, verschwindet mit ihm in einer Staubwolke.
Ich kapiere gar nichts. Ich starre den Walkman an, der leise mit gedrückter rec-Taste läuft, und ich frage mich, wie in drei Teufels Namen dieses Ding es fertig gebracht hat, zu schießen. Und während ich noch denke, dass es *unmöglich* ist, dass mein batteriebetriebener Sony fünf Schüsse auf den Lieferwagen abgegeben haben soll, und deshalb jemand anderes geschossen haben muss, höre ich rechts neben mir am Rand des Grabens ein Rascheln.
Ich schaffe es nicht rechtzeitig, mich rumzudrehen, als ein Tritt gegen meine Schläfe meinen Kopf zur Seite reißt und mich ins Land der Träume schickt.

Wenig essen ist eine Sache. Gar nichts essen eine andere.

Hô war es gewohnt, wenig zu essen, weil seine Familie arm war, so arm, dass sie ein Kind verkaufen musste. Im Westen, hatten sie ihm erzählt, sagt man, dass eine chinesische Familie von einer Hand voll Reis am Tage leben könne. Er hatte in einer chinesischen Familie gelebt und wusste, dass eine Hand voll Reis gerade ausreicht, um nicht zu verhungern. Aber so überhaupt nichts, nein ... ohne gar nichts zu essen, stirbt man wirklich.

Deshalb wartete er zusammengekauert wie eine kleine Maus hinter einem blühenden Blumenkasten, der den Bahnhof verschönerte. Er wartete, bis sich die Signora an der Kasse herunterbeugte, um das Wechselgeld aufzuheben, und sprang dann flink wie eine Maus an den Tresen der Snackbar. Mit jeder Hand schnappte er sich ein Croissant und kehrte hinter den Blumenkasten zurück. Niemand hatte ihn gesehen, genau wie eine Maus.

Dort versteckt, biss er die verbrannte Ecke des einen Croissant ab, wobei er sich bemühte langsam zu essen.

Er hatte nur zwei Croissants und es konnte lange dauern, bis er herausgefunden hätte, welcher Zug nach China fuhr.

38,2°

Aber sie haben ja Fieber . . .«
»Nein, nein . . . das ist nicht so wichtig . . .«
»Aber natürlich ist das wichtig . . . Sie könnten eine Gehirnerschütterung haben. Legen sie sich sofort wieder auf die Trage . . . Schwester!«
»Nein, nein . . . das hat nichts mit dem Schlag zu tun. Das Fieber hatte ich vorher schon.«

Ich sitze auf einer Trage in der Notaufnahme mit einem Pflaster über der Schläfe. Mein Kopf fühlt sich an wie der des Elefantenmenschen, geschwollen und höckrig auf der einen Seite. Das Fieber muss weitergestiegen sein, denn das elektrische Kribbeln, das ich unter der Haut verspüre, fängt jetzt auch in meinen Lippen an. Ich habe ein klebriges Gefühl im Mund, so als hätte ich ein paar Stunden geschlafen . . . und so ist es auch. Alarmiert durch die Schüsse hat mich eine Patrouille der Carabinieri ohnmächtig im Graben gefunden und einen Krankenwagen gerufen. Ich bin in der Notaufnahme auf einer Trage aufgewacht, das bärtige Gesicht eines Doktors so dicht über mir, dass ich für einen kurzen Moment dachte, er wollte mich küssen. Doch stattdessen hat er mir ein Thermometer in den Mund gesteckt. »Sind Sie sicher, dass Sie das Fieber schon vorher hatten? Wenn nicht, dann müssen wir Sie nämlich zur Beobachtung hier behalten . . .«

Ich schüttle meinen Kopf, doch weil ich meinen Zustand schon fast vergessen hatte, muss ich mich an einer Kante festhalten, um nicht von der Trage zu fallen. Ich muss aufpassen, dass ich mich nicht zu schnell bewege.
»Nur die Ruhe«, sage ich und knöpfe mir das Hemd zu. »Mir geht es gut. Ich gehe jetzt nach Hause.«
»Du gehst nirgendwo hin.«
Die Stimme des Kommissars explodiert zwischen meinen Ohren wie ein Donnerschlag. Wieder muss ich mich an der Trage festhalten.
»Himmel, Arsch und Zwirn, Vittorio, was hast du wieder angestellt? Verfolgungsjagden, Schießereien, Salven aus einer Maschinenpistole ... was glaubst du denn, wo du hier bist? In Amerika?«
»Ich? Ich habe überhaupt nichts damit zu tun ... ich war gerade dabei, die Lamb ...«
»Das erklärst du mir morgen in aller Ruhe, wenn du mir den Bericht ablieferst. Sag mir nur, wer auf dich geschossen hat!«
»Tja ... zwei Typen in einem Lieferwagen. Einer war Chinese. Er hatte eine Maschinenpistole.«
»Das weiß ich ... wir haben die Patronenhülsen gefunden. Und wer war bei dir?«
»Bei mir? Niemand ...«
»Aus deiner Richtung kamen fünf Kugeln des Kalibers neun. Du hattest keine Pistole ... also erzähl mir nicht, du hättest mit dem Walkman geschossen.«
Ich öffne den Mund, aber Nein, Nein, ich sage es ihm nicht. Sofort schließe ich ihn wieder und zucke mit den Achseln. Schlecht, ganz schlecht.

»Na gut«, zischt der Kommissar. »Darüber reden wir morgen. Geh nach Hause und leg dich ins Bett, am besten mit deiner Freundin. Was ist? Ist sie auch Chinesin? Das wird doch wohl kein Eifersuchtsdrama sein, oder?«
»Chinesin? Meine Freundin? Wieso?«
»Als du ohnmächtig warst, hast du die ganze Zeit nichts anderes gemacht, als nach dieser Sui zu rufen, deshalb. Sui, das ist doch ein chinesischer Name, oder? Gute Nacht, Vittorio ... bis morgen.«
Er macht einen Schritt auf den Ausgang zu, aber dann hält er an und dreht sich noch einmal um.
»Ach, hör mal ... diese Lambretta ...«
Mir läuft es eiskalt den Rücken herunter. Jetzt scheißt er mich zusammen. Er zeigt mich an wegen unerlaubter Inbesitznahme. Er buchtet mich ein wegen schweren Diebstahls ...
»Ich habe sie dir vor die Tür stellen lassen. Aber pass besser auf deinen Roller auf ... der ist wirklich schön. Ein wahres Schmuckstück.«

Als ich zu Hause ankomme, fällt mir wieder ein, dass meine Eltern bis morgen bei der Großmutter sind, sonst hätte ich all die Fragen meiner Mutter wegen des Pflasters auf der Stirn ertragen müssen und dieses *ich hab dir ja gesagt, dass Polizist ein gefährlicher Beruf ist* und das *ich hab dir ja gesagt, dass es besser wäre, wenn du Medizin studiert hättest* und so weiter und so fort. Zum Glück wird vor morgen nichts von der Schießerei in den Zeitungen stehen. Alles, was ich heute Abend

noch will, ist ein Aspirin, besser zwei, und mich unverzüglich ins Bett legen.
Als ich am Wohnzimmer vorbeigehe, sehe ich jedoch Angelica, die auf einem Stuhl kniet, die Ellenbogen auf dem Tisch aufgestützt hat und irgendetwas ganz intensiv anstarrt. Sie bemerkt, dass ich näher komme, und versteckt es unter ihrem Aufgabenheft. Ich wette zehn zu eins, dass es ein Foto von Robbie Williams ist. Normalerweise versuche ich es ihr zu stibitzen, aber heute Abend bin ich zu fertig, lasse es also bleiben, verwuschel ihr nur ein bisschen die blonden Haare und gehe in die Küche, um das Aspirin zu suchen. Sie scheint meine Diskretion zu schätzen, denn als ich mit dem Glas, in dem die Acetylsalicylsäure sprudelt, in der Hand wieder in das Wohnzimmer komme, schaut sie mich ernst, aber wohlgesinnt an.
»Was hast du mit deinem Kopf gemacht?«, fragt sie.
»Ich bin vom Roller gefallen.«
»Willst du meine Idee hören, wie man den kleinen Chinesen finden könnte?«
»Schieß los!«
»E. T.«
»Was heißt das?«
»Wenn dir dieser Chinese ins Auto gerast ist, heißt das doch, dass er auf der Flucht war. Wenn er auf der Flucht war, heißt das, dass er an einem Ort gefangen war, der nicht sein Zuhause war, wie E. T. Und was macht E. T., als er nach Hause zurückwill?«
»Nach Hause telefonieren.«
»Genau.«

Ich schwenke das Glas, damit sich das Aspirin schneller auflöst. Ich weiß nicht einmal, warum ich mir diese Kindereien überhaupt anhöre. Dabei möchte ich so schnell wie möglich ins Bett.

»Abgesehen davon, dass ich es bezweifele, dass ein achtjähriger Chinese in kurzen Hosen und Unterhemd eine Telefonkarte besitzt, die ausreicht, um nach China zu telefonieren«, sage ich sarkastisch, vielleicht etwas zu sarkastisch, »ist es nicht möglich, einen Anruf zurückzuverfolgen, wenn man weder weiß, wer telefoniert hat, noch von wo, noch wann, noch wen er angerufen hat.«

Ich trinke das Aspirin und lecke mir die von der Säure salzigen Lippen ab. Die Tablette hatte sich nicht vollkommen aufgelöst, aber ich hoffe, dass sie trotzdem wirkt.

»Schade, dass du so blöd zu mir bist, denn ich wollte dir noch den zweiten Teil meiner Idee erzählen.«

»Lass hören, damit ich endlich ins Bett gehen kann! Ich glaube, ich habe Fieber.«

Angelica stellt sich auf den Stuhl und stützt die Hände auf den Tisch. Sie sieht aus wie ein kleiner Manager in einer Vorstandssitzung.

»Lassie.«

»Bitte?«

»*Heimweh*, der Lassie-Film ... ja, ich weiß, er ist schon ein bisschen alt, aber du müsstest dich an ihn erinnern. Was macht Lassie in dem Film, da er ja überhaupt nicht telefonieren kann? Er versucht nach Hause zurückzukehren.«

Ein salziger Rülpser brennt auf meinen Lippen.
»Okay, jetzt hast du es gesagt. Ich nehme es zur Kenntnis und tue erst einmal so, als gäbe es in Bologna einen Hafen, von dem aus Schiffe nach China in See stechen können.«
»Du bist so ein Blödmann ... und so was will auch noch Polizist sein. Was glaubst du denn, was ein achtjähriges Kind darüber weiß, wie man von hier nach China kommt? Schließlich ist es nicht schon zehn und geht in die fünfte Klasse wie ich ... der geht zum Bahnhof und nimmt irgendeinen Zug, der ihn von hier wegbringt.«
Schei ... Und wenn das wirklich wahr wäre? Im Grunde hat sie nicht ganz Unrecht. Wenn er nicht schon wieder von der gelben Hölle der illegalen Chinesen verschluckt worden ist, versucht der Kleine natürlich nach Hause zu fahren. Und da es für ein Kind in Unterhemd und mit Mandelaugen nicht gerade einfach ist, zu trampen, ohne dass irgendjemand einen Streifenwagen ruft, ist er vielleicht wirklich zum Bahnhof gelaufen und ist vielleicht immer noch da. Einen Roller, please ... ich muss los.
»Ey, halt« – die Hand von Angelica ergreift den Ärmel meines Parkas –, »was glauben Sie eigentlich? Dass die Beratung umsonst ist? Rück zehntausend raus!«
»Du spinnst wohl. Ich hab's eilig und außerdem habe ich dir schon lange nicht mehr das Foto von Robbie Williams weggenommen, das du da unter deinem Heft versteckst.«
Ich flitze aus dem Wohnzimmer, und bevor die Haustür hinter mir ins Schloss fällt, höre ich ihre erboste Stimme keifen.

»Na gut, du Unsympath ... das heißt, dass ich dir meine dritte Idee nicht verrate!«

Der Bahnhof von Bologna ist auch um halb elf Uhr abends noch sehr belebt. Die Haupthalle mit den Fahrkartenschaltern und dem Zeitungskiosk, den Sitzbänken von Gleis 1 und den Wartesälen, der McDonald's und das Selbstbedienungsrestaurant, die Halle von der West-Piazza mit ihrem Bücherstand, der mit einem langen, blauen Tuch bedeckt ist, dem anderen Zeitungskiosk, der gerade schließt, und den Blumenkästen vor der Snackbar sind voll mit Leuten, und auch wenn mein kleiner Illegaler ein auffälliger Typ ist, wird es nicht einfach sein, ihn zu finden.
Ich alarmiere die Kollegen von der Bahnhofspolizei, die sich breitschlagen lassen einen Blick zu riskieren und die stehenden Waggons und die Geschäfte zu durchsuchen, während ich, völlig verschwitzt und tiefgefroren, überall ein bisschen suche. Mein Kopf fühlt sich an, als sei er voll Gummi, und nun schmerzen auch noch die Knochen meiner Hände. Wenn man mir jetzt ein Thermometer in den Mund steckte, würde ich es wie einen Luftballon zum Platzen bringen.
Und wenn er schon abgereist ist? Und wenn er es gar nicht bis zum Bahnhof geschafft hat? Und wenn Angelica sich das alles bloß ausgedacht hat, um mir einen Zehner aus der Tasche zu ziehen?
Doch plötzlich bemerke ich etwas, das mir signalisiert, dass ich auf dem richtigen Weg bin. Nur dass ich nicht sofort begreife, warum ... es ist wie eine Ahnung, die

ich nur aus den Augenwinkeln heraus wahrnehmen konnte und die in meinem Hirn hängen bleibt wie ein Lied, das einem seit dem frühen Morgen im Kopf herumgeistert, an dessen Titel man sich aber nicht erinnern kann. Verfluchtes Fieber, das mir meine Reflexe raubt, selbst meine mentalen.
Doch dann ist sie wieder da, diese Ahnung, immer noch in meinen Augenwinkeln. Dieses Mal schaffe ich es jedoch, das Bild zu speichern, mich umzudrehen und es anzusehen.
SUI.
Das Mädchen aus dem Restaurant. Sie ist immer noch wunderschön, immer noch mysteriös und sinnlich, auch wenn sie jetzt mit einer Jeans-Latzhose und einem schwarzen Pullover bekleidet ist. Ohne Haarband, aber die Haare zu einem Pferdeschwanz zusammengebunden.
Was tut sie hier am Bahnhof?
Und gerade jetzt? Da sie an mir vorbeigegangen ist, ohne mich zu bemerken, folge ich ihr heimlich und beschatte sie, wie es mir in der Polizeischule beigebracht wurde: weit hinter ihr, in der Deckung der vielen Menschen mit langsamem Schritt und zerstreutem Blick. Und während ich dies tue, fällt mir ein, dass ich im Beschatten eine Pflaume und nicht in der Lage war, länger als eine Minute an einer Person dranzubleiben.
Im Laufe der letzten Monate muss es noch schlimmer geworden sein, denn wenige Sekunden reichen aus, dass ich sie aus den Augen verliere, gerade als sie auf der Ost-Piazza um eine Ecke biegt.

Ich laufe los, doch hinter der Ecke ist keiner mehr, nur zwei Männer in blauen Overalls, die aus einem Metallwagen Postsäcke ausladen. Ich frage: »Habt ihr vielleicht zufällig ein chinesisches Mädchen gesehen?«, und sie schütteln den Kopf.

»Nein, ein chinesisches Mädchen nicht.«

Die Natürlichkeit, mit der sie mir antworten, klingt für mich etwas sonderbar, weshalb ich die Stirn in Falten lege und an den Ärmeln meines Parkas ziehe.

»Was soll das heißen? Habt ihr vielleicht etwas anderes Chinesisches hier herumlaufen sehen?«

»Ja«, sagt einer der Männer im Overall, »einen halb nackten Jungen. Er ist dorthin gegangen.«

Dorthin ist die Kirche, die sich auf der anderen Seite der Ost-Piazza befindet. Es ist zwar nur eine Tür in dem Gebäude, das den Platz von den Gleisen nach Ravenna trennt, aber an seiner Fassade hängt ein Kreuz aus Neonröhren, das das Gebäude unverkennbar als Kirche kennzeichnet. Vor allem jetzt, da die violett schimmernden Neonröhren halb kaputt sind und ständig an- und ausgehen, wodurch der gesamte Platz in eine düstere Atmosphäre getaucht wird.

Ich verabschiede mich von den Postboten und laufe auf die Kirche zu. Die Tür ist nicht verschlossen und öffnet sich bei der ersten Berührung.

Drinnen ist es noch schlimmer. Durch die Fenster fallen die violetten Neonblitze, die sich in dem einzigen Kirchenschiff widerspiegeln und es ab und zu erleuchten, so als ob draußen ein Gewitter aus elektrischen Blitzen niederginge. Wenn der kleine Chinese hier reingerannt ist, dann gibt's nicht viel, wo er sich verstecken kann. In der Kirche gibt es nur ein paar Bankreihen, die durch einen schmalen Gang getrennt sind, einen Beichtstuhl und ganz hinten einen kleinen Altar, der mit einem weißen Tuch bedeckt ist und neben dem ein metallenes Kruzifix auf einem Ständer steht. Im Beichtstuhl ist er nicht, zwischen den Bänken auch nicht, bleibt also der Altar.

Ich nehme eine Ecke des Tuchs in die Hand und hebe es langsam hoch, bereit den Verbrecher zu schnappen, falls er wieder Anstalten macht, zu flüchten.

Unter dem Altar in der Dunkelheit des kalten Marmors starren mich zwei erschreckte, violett blitzende Augen an.

BUM!

Bei dem Knall, mit dem die Tür zufällt, rutscht mir das Tuch aus der Hand und ich springe auf, wobei das Adrenalin durch meinen Körper schießt. Ich drehe mich um und sehe zwei Schatten am Ende des Kirchenschiffes stehen. Der eine groß und oben rund, der andere klein und eckig. Zwei Schatten, die etwas gebeugt und bedrohlich, an den Seiten der Sitzbänke vorbei näher kommen.

Ein Blitz erleuchtet sie für eine Sekunde. Der eine ist ein großer Chinese mit rasiertem Schädel, der zwei Stöcke um sein Handgelenk kreisen lässt, die mit einer Kette verbunden sind. Der andere mit dem Bürstenschnitt hat ein Messer. Und ich habe nicht einmal mehr den Walkman.

»Nur die Ruhe, Jungs«, sage ich so cool, wie es mir möglich ist. »Ich bin Polizist, falls ihr das noch nicht begriffen habt. Und wenn ihr mir was antut, dann bekommt ihr so verdammten Ärger – das könnt ihr euch nicht mal vorstellen.«
Sie müssen es sich allerdings doch vorgestellt haben, denn sie kommen immer näher. Der nächste violette Blitz zeigt mir ihre schmutzig grinsenden Gesichter. Scheeeiiße.
Ich wäge die Möglichkeit ab, den Rekord im 100-Meter-Lauf zu brechen, wenn ich geradewegs auf die Tür zuschieße, aber Bürstenschnitt muss meine Gedanken erraten haben, denn er postiert sich in dem Gang zwischen den Bänken und lacht höhnisch, wobei er sein Messer blitzen lässt. Glatzkopf lässt beim Näherkommen sein Tschako kreisen und gibt mir eine Kostprobe, wie geschickt er damit umgehen kann, wenn er es über seine Schultern schleudert, es den Rücken hinuntergleiten lässt, um es dann wieder vorn zu ergreifen und erneut kreisen zu lassen. Er sieht aus wie ein nervöser Schauspieler aus einem Karatefilm, wie er völlig angespannt mit kleinen Schritten und zusammengekniffenen Lippen, durch die eine Art gequältes und dünnes *Miaaaaauuuuu* dringt, auf mich zukommt. Meeega-Scheeeiiße.
Da ich in einer Kirche bin, schießt mir instinktiv ein »Jesus, steh mir bei« durch den Kopf und so kommt mir eine Idee.
Als Glatzkopf sich einen der Knüppel unter die Achsel klemmt und noch einen Schritt mit seinen langen Bei-

nen macht, wobei er seine Lippen wie zu einem Hühnerarsch zusammenpresst, springe ich beiseite, ergreife mit beiden Händen das Kruzifix, das neben dem Altar steht, und ziehe ihm einen Schlag über sein Ohr. Glatzkopf steht für einen Moment betäubt da, ich drehe also das Kruzifix und ramme es ihm genau zwischen die Beine, dann noch eine Drehung und ***BAM!***, donnere ich es ihm auf den Kopf. Wie ein alter Kartoffelsack sinkt er vor den Sitzbänken in sich zusammen.
Ich drehe mich zu Bürstenschnitt, der mit ausgebreiteten Armen und dem Messer in der Hand verblüfft stehen geblieben ist, und mit einem übermenschlichen Samurai/Banzai-Schrei werfe ich mich auf ihn, halte das Kruzifix wie eine Lanze vor mir, in der Absicht, ihn aufzuspießen. Nur eine winzige Kleinigkeit habe ich nicht bedacht.
Auch dieses Kreuz wird von einer dünnen Neonröhre beleuchtet und ist zu diesem Zweck durch ein Kabel, das ich nicht gesehen habe, mit einer Steckdose verbunden, die unter dem Altar in den Boden eingelassen ist. In dem Augenblick, als das Kabel seine volle Länge erreicht hat, blockiert meine Lanze mit einem Ruck, rutscht mir aus den Händen und ich renne wie ein mittelalterlicher Ritter in einem Turnier weiter auf Bürstenschnitt zu, doch jetzt total unbewaffnet.
Als ich auf ihn stürze, bleibt mir nichts anderes übrig, als ihn zu umarmen, damit er mir nicht den Bauch aufschlitzt. Dann fällt mir die letzte Prügelei ein, die ich beobachtet habe, und ich mache es wie unser Skin-Schlagzeuger mit einem Typen, der ihn am Kragen ge-

packt hatte: Ich beuge mich blitzschnell nach vorn und verpasse ihm einen Kopfstoß ins Gesicht.
Bürstenschnitt brüllt vor Schmerz, hält sich die Nase und fällt nach hinten, wobei er das Messer fallen lässt, das unter eine der Sitzbänke rutscht. Ich versuche es zu ergreifen, aber ein Schlag, der mich auf der Kniebank ereilt, schleudert mich zur Seite, als wäre ich eine Feder. Glatzkopf hat sich wieder erholt und lässt das Tschako zischen, indem er blind vor Wut die Luft um mich herum zerschneidet. Bürstenschnitt rutscht auf allen vieren auf dem Fußboden herum, angelt sich das Messer und steht wieder auf, den Mund mit Blut verschmiert, das violett auf seinen Zähnen schimmert. Auch er ist wütend wie ein wilder Stier. Scheiße, denke ich, das ist das Ende.
Aber dann passiert etwas.
Ein dunkler Schatten huscht durch das Kirchenschiff und springt von einer Sitzreihe zur nächsten, um dann mit einem Salto zwischen den beiden Killern zu landen. Er bewegt sich rasend schnell. Er biegt sich zur Seite, stellt sich auf ein Bein und kickt mit dem anderen Glatzkopf in den Bauch, der die Luft aus seinen Lungen mit einem so hohen Zischen – **fiiiiiiiiiiiiiiiiiiiiiiiiiiiiiiiiiiiii** – herausbläst, dass es zum Schluss nur noch die Hunde gehört haben können.
Dann dreht sich der Schatten auf einer Fußspitze und trifft mit dem Absatz des anderen Fußes Bürstenschnitt am Kinn, springt dann auf das andere Bein, beugt das Knie, hebt gleichzeitig das Bein an, streckt es aus & verpasst ihm eine Ladung direkt ins Gesicht. Bürsten-

schnitt fliegt nach hinten und landet im Beichtstuhl, während Glatzkopf vornübergebeugt mit seinen Armen herumfuchtelt, als wolle er mit den Händen nach Luft schnappen.
Sei es, weil ich Fieber habe, sei es, weil wir uns in einer Kirche befinden, jedenfalls geistert mir die Vorstellung durch den Kopf, dass dieser mysteriöse Schatten mein Schutzengel sein muss, der gekommen ist, um mich zu retten.
Ich falle aus allen Wolken, als ein Neonblitz das Kirchenschiff erleuchtet, und ich erkenne, dass mein Schutzengel Sui ist.
»Gehen wir«, sagt sie und zieht mich am Ärmel meines Parkas. »Ich schaffe das nicht alleine . . . und wenn die wieder zu sich kommen, dann bringen sie uns um!«
Sie spricht perfekt Italienisch, die Sui. Aber jetzt ist nicht die Zeit, sie zu fragen, wo sie es gelernt hat, denn sie zieht mich an meinem Arm zu Tür.
»Warte!«, sage ich und befreie mich aus ihrem Griff. Ich laufe zum Altar, knie mich hin und hebe das Tuch an, während das violette Licht den Raum unter der Marmorplatte taghell erleuchtet.
Nichts.
Mein kleiner Chinese ist nicht mehr da.

In der Baracke in Soochow, in der sie wohnten, war es Hôs Aufgabe gewesen, sich um den Großvater zu kümmern. Er hatte es gerne getan, denn der Großvater Yu war alt und blind, hatte nur ein paar weiße Fäden an Stelle der Haare auf dem Kopf und war so dürr, dass er aussah wie eine Spinne . . . aber er redete und erzählte immer wichtige Dinge, die man wissen sollte. Er saß auf einem Hocker, die knochigen Schultern an die Mauer gelehnt, der blaue Kasack hing wie ein weiter Mantel an ihm herunter und das Käppi rutschte ihm in den Nacken. Während Großvater Yu da saß, kaute er auf einem Bambushalm und erzählte. Manchmal verstand Hô ihn nicht, weil er von alten Dingen sprach, die sich in grauer Vorzeit abgespielt hatten, wie der Krieg gegen die Japaner, der Große Marsch und Mao Tse Tung . . . Dann tat Hô so, als ob er zuhörte, und beobachtete, wie der Großvater den Reis aß, in der Hoffnung, dass er ihn nicht ganz aufaß.

Manchmal jedoch erzählte der Großvater Dinge, die auch Hô verstehen konnte.

Einmal hatte er gesagt: Die Feinde deiner Feinde sind immer deine Freunde.

Hô nickte, als er sich an die Worte von seinem Großvater erinnerte, dann rieb er sich an dem Stoff seiner kurzen Hose die Hände trocken, ergriff den ersten Ast des Baumes und begann hinaufzuklettern.

38,8°

Ich habe Sui zu mir nach Hause gebracht. Als sie hinter mir an meinen Rücken gepresst auf dem Sitz saß, ein Traummädchen auf einem Traumroller, habe ich für einen Moment vergessen, dass ich ein Polizist mit Fieber bin, der von den Killern der chinesischen Mafia verfolgt wird, vor denen er auf einem geklauten Roller flüchtet, mit der kleinen Schwester von Bruce Lee hintendrauf.

Bis jetzt hat Sui, immer noch mysteriös und sinnlich, nicht ein Wort gesagt. Und ich auch nicht. Zu Hause finden wir Angelica, immer noch wach, vor dem Fernseher, wo sie wild durch die Programme zappt.

»Wo warst du?«, fragt sie mich. »Du solltest bei mir bleiben und auf mich aufpassen.« Dann sieht sie Sui und für einen Moment hält ihr kleiner Finger inne. »Und wer ist die? Du nutzt es also schamlos aus, dass Mamma nicht da ist, um hier Frauen anzuschleppen. Ist das deine Freundin? Endlich. Sie sieht nett aus ...«

»Vergiss es! Es ist spät ... Solltest du nicht schon längst im Bett sein?«

»Hast du sie noch alle?! Gleich fängt Dracula an.«

Na gut, wenn kümmert's. Ich habe andere Probleme, als Babysitter für meine Schwester zu spielen. Ich gebe Sui mit dem Kopf ein Zeichen und durchquere den Flur bis zu meiner Zimmertür.

»Entschuldige die Unordnung«, sage ich instinktiv, auch wenn in Wirklichkeit gar keine Unordnung herrscht. Seit ich fast den ganzen Tag nicht zu Hause bin, erleidet mein Zimmer die Überfälle meiner Mutter, die alles wieder an seinen Platz räumt: Sie stellt die Platten & CDs ins Regal, zieht die Poster von Jam und Madness gerade, reiht fein säuberlich die Bierdeckel aller Pubs aus der Carnaby Street auf, die ich mir von meiner Interrail-Tour nach London mitgebracht habe, und verstaut meine Klamotten im Schrank.
Selbst der Stuhl vor meinem Schreibtisch ist leer und auf diesen setzt sich Sui, während ich mich quer über das Bett strecke, ohne mir den Parka auszuziehen, und mich mit dem Rücken an die Wand lehne. Das Fieber hat meine Kehle ausgetrocknet und kratzt über meine Rippen wie ein brennender Finger über eine Harfe aus Eis. *Ein brennender Finger über eine Harfe aus Eis . . .* Was treibt mich nur zu so einem Vergleich? Ach ja, das Fieber . . .
»Geht's dir nicht gut?«, fragt mich Sui. »Du bist so blass.«
»Nein, nein . . . das ist nicht so wichtig. Wer bist du überhaupt?«
Sui zuckt mit den Schultern. Sie schiebt die Träger ihrer Latzhose herunter, hält den Latz mit einer Hand fest, rollt den schwarzen Pullover mit der anderen in einer schnellen Bewegung hoch und zieht ihn sich über den Kopf.
»Was tust du?«, frage ich etwas heiser.
»Ich zieh mir den Pullover aus. Hier ist eine Hitze

drin ... oh, oh, komm bloß nicht auf dumme Gedanken!« Sie zieht die Träger über ihre nackten Schultern, dann löst sie ihre Haare und schüttelt den Kopf, sodass sie offen über ihre Schultern fallen. Sie ist wunderschön, die Sui. Ich komme auf dumme Gedanken. GANZ EINDEUTIG.

Angelica taucht an der Tür auf, die ich vergessen habe zu schließen. Sie wirft einen Blick auf Sui, die den Rücken gebeugt hat und sich mit geschlossenen Augen die Nackenmuskeln massiert.

»Ich kam hier gerade vorbei, als ich ins Bad wollte, und dachte, ich statte euch einen kleinen Besuch ab«, sagt sie gleichgültig. »In ein paar Minuten fängt Dracula an, aber ich glaube nicht, dass euch das interessiert. Na, also dann auf bald, Kinder ... seid artig!« Dann formt sie ihre Hände zu einem Trichter, legt sie an den Mund und flüstert in meine Richtung, bevor sie verschwindet: »Und rück dichter an sie ran, du Idiot!«

Ich stehe auf, schließe die Tür und setze mich wieder auf das Bett. Ich fühle mich ausgelaugt. Nur mit Mühe kriege ich die rechte Arschbacke hoch, um aus der Hosentasche meine Brieftasche mit dem Fensterchen für den Polizeiausweis hervorzuziehen. Ich öffne sie und werfe sie vor Sui auf den Fußboden.

»Leg die Karten auf den Tisch, Bella!«, sage ich. »Ich heiße Vittorio, bin zwanzig, komme aus Bologna und bin Polizist bei der Kriminalpolizei. Ich habe das offizielle Recht und die Pflicht, deine Identität zu überprüfen. Mit anderen Worten: Wer zum Teufel bist du?«

Sui betrachtet meinen Ausweis. Mit der Spitze ihres

Schuhs, einem dieser schwarzen, leichten Schuhe mit Löchern auf dem Spann wie bei den Kindersandalen von früher, dreht sie den Ausweis auf dem Fußboden herum. Dann hebt auch sie ihre rechte Arschbacke an und zieht eine dünne Brieftasche aus der Tasche ihrer Latzhose hervor, öffnet sie und wirft sie neben mich auf das Bett.

»Ich heiße Sui Li, bin zweiundzwanzig, komme aus Wenchow und bin Polizist in der Einwanderungsbehörde in Schanghai. Im Moment arbeite ich allerdings in Rom an der chinesischen Botschaft in Italien.«

Ich nehme den Kopf von der Wand, strecke mühsam meinen Hals vor und werfe einen Blick auf ihre Brieftasche. Sie sieht ähnlich aus wie meine. Mit einem Fensterchen, in dem man ein Foto von Sui in Polizeiuniform mit Schirmmütze, auf der der rote Stern prangt, mit Schnurbesatz am Kragen und vergoldeten Knöpfen erkennen kann. Na sieh mal einer an . . . eine Kollegin. Und sie arbeitet an der Botschaft. Deshalb spricht sie so gut Italienisch, mit einem kaum hörbaren Akzent, der ihr die *L* etwas abschleift und die *R* verflüssigt (sagt man *verflüssigt?* Keine Ahnung . . .).

»Seit ich in diesem Drachen-Restaurant gewesen bin, hast du mich verfolgt, oder?«, frage ich sie.

»Alle haben dich verfolgt, auch die zwei, die dich umbringen wollten. Das Gerücht, dass da ein Polizist rumrennt und Fragen stellt, hat sich sofort bei der ganzen chinesischen Bevölkerung rumgesprochen.«

»Warst du das, die auf den Lieferwagen geschossen hat?«

»Ja, aber erzähl es nicht weiter. Ich habe keine Erlaubnis, eine Waffe zu tragen.«
»Und warst du das, die mir einen Tritt an die Schläfe verpasst hast?«
»Ja. Ich wusste nicht, wer du warst und was du mit der ganzen Sache zu tun hattest. Ich wollte deine Papiere sehen.«
Sie beugt sich vor und berührt mit einem Finger meine Stirn in der Nähe des Pflasters. »Verzeih mir!«, murmelt sie und zuckt mit den Schultern. Die Latzhose klappt ein wenig nach vorn und ich kann die Kurven ihres Busens unter dem Jeansstoff sehen. Ich verzeihe ihr.
Angelicas Fingerknöchel klopfen leise an die Tür. Ohne ein *Herein* abzuwarten, das niemals erklungen wäre, öffnet sie die Tür und steckt ihren Kopf in das Zimmer. Erstaunt sieht sie uns beide an.
»Ich wollte nur ein Buch holen, das hier irgendwo liegt ... Den Film habe ich schon mal gesehen und jetzt gehe ich ins Bett. Entschuldigt ..!«
Sie kommt rein und klettert auf das Bett, um ein Buch aus dem Regal über meinem Kopf zu holen. Beim Heruntersteigen stützt sie sich auf meine Schulter und lässt dabei etwas in die Tasche meines Parkas rutschen.
»Na gut ... Ich gehe dann also ins Bett«, sagt sie. »Ich werde euch nicht mehr stören. Ihr könnt ganz beruhigt sein.«
Sie verlässt das Zimmer und ich greife in die Tasche, um zu sehen, was sie mir zugesteckt hat. Ich ziehe es raus und es vergeht eine Sekunde, bis ich checke, dass es ein Kondom ist. Ich stecke es sofort wieder in die Tasche.

Angelica! Wo hat sie das nun wieder her? Aus der Schule?
An ihrem Lächeln erkenne ich, dass Sui gesehen hat, was ich in der Hand hatte, und werde feuerrot. Sie lächelt immer noch, mysteriös und sehr sinnlich. Gott, ist sie schön. Die dummen Gedanken kommen zurück. GANZ EINDEUTIG.
»Was hast du mit der ganzen Sache zu tun?«, frage ich sie.
Sie steht auf und geht zum Bücherregal. Sie lässt ihren Finger über die Rücken der Plattenhüllen gleiten und stoppt an den schwarz-weiß gewürfelten des Ska.
»Wir Chinesen haben einen ausgeprägten Familiensinn«, flüstert sie. »Ich bin die Kusine eines Schwagers eines Bruders eines Neffen des Onkels von Hô.«
»Hô? Und wer ist das?«
»Der Junge, den du suchst. Ich weiß nicht, wie, aber er hat es geschafft, mich in der Botschaft anzurufen und mir zu sagen, dass er in Gefahr ist, hier in Bologna.«
»E. T. Nach Hause telefonieren«, murmele ich.
»Wie bitte?«
»Nichts, eine private Sache.«
Teufelskerl, diese Angelica. Sie hatte voll ins Schwarze getroffen, genau wie bei der Sache mit dem Bahnhof.
Sui kommt näher und setzt sich neben mich auf das Bett. Sie legt mir eine Hand auf die Stirn. Oh Gott, ist ihre Hand kühl. Meine Gedanken werden immer dümmer.
GANZ EINDEUTIG.
»Aber du glühst ja. Du hast Fieber.«

»Ich weiß. Sag mir, warum sich dieser Hô nicht an die Polizei gewendet hat!«
»Man merkt, dass du kein illegaler Einwanderer bist und schon gar kein Chinese. Die italienische Polizei ist die letzte Stelle, an die sich ein achtjähriges Kind wenden könnte. Die Triade erzählt ihm grauenvolle Dinge über die italienische Polizei.«
»Die zwei Ninja, die mich umbringen wollten, sind von der Triade?«
»Bravo. Die örtliche Triade kümmert sich darum, kleine Sklaven für die illegale Industrie zu besorgen, die von der Mafia kontrolliert wird. Die gibt es in Rimini, Florenz und in Bologna. Hô war wahrscheinlich einer von ihnen und hat es irgendwie geschafft, zu entkommen.«
»Und was können wir tun, um ihn zu finden?«
»Ich weiß es nicht.«
Ihre Hand gleitet unter meinen Kragen und drückt meine Halsschlagader.
»Du hast hohes Fieber ... Zieh dich aus und leg dich ins Bett!«
Sie schiebt den Parka an meinen Schultern herunter und verschämt versuche ich mich zu befreien. Meine Hände sind auf dem Rücken gefesselt, als Sui das Gleichgewicht verliert und sich an meiner Brust abstützt. Ich fühle ihre Wärme, die sich mit der meinen vermischt, ich rieche ihren süßen Duft, der an Vanille erinnert. Unsere Gesichter sind ganz nahe beieinander, unsere Lippen berühren sich fast. Sui lächelt, sehr sinnlich. Angelica klopft an die Tür, natürlich.

»Hör mal«, knurre ich, »wann hörst du endlich auf zu nerven? Du hast gesagt, du gehst ins Bett, und nun geh endlich!«

»Wenn ich es nur könnte«, sagt Angelica mit einer krausen Stirn und einer verdatterten Grimasse, die mir nicht im Geringsten gefällt. »Tatsache ist, dass mein Bett bereits belegt ist. Da liegt ein Chinese drin.«

Sui flitzt als Erste aus dem Zimmer, gefolgt von Angelica. Ich bin der Letzte, denn ich habe Mühe, mich aus dem Parka zu schälen, aber als ich an die Tür von Angelicas Zimmer trete, sehe auch ich ihn sofort.

Er liegt quer auf dem kleinen Bett, ein Fuß mit einer Sandale hängt über den Rand, die Arme hat er über dem Gesicht gekreuzt, um sich die Augen zu bedecken. Seine Lippen stehen halb offen und geben ein dünnes & erschöpftes Schnarchen von sich.

Ein achtjähriges chinesisches Kind.

Hô.

Sie reden rasend schnell und ohne Pause miteinander. Zuerst haben beide geweint, Sui und der kleine Junge, als sie sich fest umarmten. Dann haben sie angefangen zu reden und ich schwöre, dass ich keinen Übergang zwischen den Wörtern gehört habe. Das Chinesische ist eine Sprache voll mit *H*, Seufzern und manchmal etwas, das wie ein Rülpser klingt. Das hat nichts mit dem *Tschingtschangtschong* der Witze und den Filmen á la Dick & Doof zu tun.

Zuerst hat Angelica die zwei eine Weile angesehen, wie sie gemeinsam auf dem Bett saßen, sie hat mich angese-

hen, wie ich die beiden mit Tränen in den Augen beobachtete, und dann hat sie in die Hände geklatscht.
»Na gut«, hat sie gesagt, »Schluss mit dem Geheule. Machen wir diesem Jungen erst mal ein Brötchen. Er muss ja einen Riesenhunger haben . . .«
Sie kommt mit einem Schinkenbrötchen zurück, das Hô, quasi ohne abzubeißen, vertilgt, wobei ihm fast die Augen aus dem Kopf fallen, während Angelica ihm ein Tellerchen unterhält, damit er nicht in ihr Bett krümelt.
Als er fertig ist, lächelt Hô Angelica an und sagt: »贰未七?« Angelica antwortet: »Okay . . . aber dass das nicht zur Gewohnheit wird.«
Erstaunt sehe ich sie in der Küche verschwinden und mit einem zweiten Schinkenbrötchen zurückkommen, das Hô zuerst mit den Augen und dann mit den Zähnen verschlingt.
»Hä?«, frage ich sie. »Seit wann verstehst du Chinesisch?«
Sie wirft mir einen selbstgefälligen Blick zu.
»Kindliche Intuition, mein Lieber . . . versetz dich mal in seine Lage! Wenn du ein kleiner halb verhungerter Chinese wärst, würde dir EIN EINZIGES Brötchen reichen?«
»Das ist wahr«, räume ich ein, »und logisch. Und was will er jetzt?«
Hô hat mit einem etwas verschämten Gesichtsausdruck »丙丁戊« gesagt und Angelica hat ihn bei der Hand genommen, um ihm aus dem Bett zu helfen.
»Er muss aufs Klo«, sagt sie.
»Oh, klar . . . natürlich.«

Während ich Angelica beobachte, die mit dem kleinen Chinesen verschwindet, legt mir Sui eine Hand auf den Arm und fragt: »Was machen wir jetzt?«

»Wir gehen sofort zur Polizei.«

»Ja, aber ...«

»Was aber?«

»Aber ich will Sicherheit für das Kind. Und für mich.«

»Ich habe einen Freund im Büro für Ausländerangelegenheiten. Und ich werde mit dem Kommissar sprechen. Nur die Ruhe.«

Sui sieht mir tief in die Augen. Die schrägen Züge ihrer Augenlider verengen sich noch weiter und ich habe keine Ahnung, woran sie gerade denkt. Inzwischen kommt Angelica gefolgt von Hô zurück, der sie gerade etwas in diesem ganz schnellen Chinesisch bestehend aus einem kleinen Rülpser und ein paar *H* gefragt hat.

»Ja, ich mag sie auch lieber«, antwortet sie, »aber nur freitags und wenn ich schon gegessen habe.« Dann, mit einem selbstgefälligen Achselzucken an mich gerichtet: »Kinderkram ... das verstehst du sowieso nicht.«

Sui hat mich die ganze Zeit unentwegt angesehen. Schließlich nickt sie entschlossen.

»Ich vertraue dir«, sagt sie. »Wir gehen mit Hô auf das Präsidium.«

Dann bewegt sie sich sehr schnell, beugt sich vor und gibt mir einen ganz kurzen Kuss auf die Lippen, der mein Fieber auf ZWEIHUNDERT GRAD ansteigen lässt.

Als sie noch ganz klein war, lange bevor sie eingeschult wurde, war Angelica ein ernstes und ruhiges Kind, das nur eine einzige Leidenschaft zu haben schien: Vampirfilme. Sie hatte sie alle gesehen, einschließlich Bram Stokers's Dracula *von Coppola, den sie sich als Raubkopie aus San Marino hatte mitbringen lassen, noch bevor er in den italienischen Kinos gezeigt wurde.*

Dann eines Tages schien es, als sei sie davon überzeugt, selbst ein Vampir zu sein, denn sie behauptete es ständig, sprang vom Sofa aus alle Familienmitglieder an, um sie in den Hals zu beißen, und versicherte, dass sie fähig wäre ewiges Leben zu spenden. Als bekannt wurde, dass sie im Kindergarten die anderen Kinder biss, um sie in Vampire zu verwandeln, machte sich ihr Vater Sorgen und ging in ihr Zimmer. Er fand sie, wie sie sich im Schnelldurchlauf Polanskis Tanz der Vampire *in der Originalfassung ansah.*

»Stimmt es, dass du die Kinder beißt, um sie in Vampire zu verwandeln?«, fragte er sie. »Erzähl mir nicht, dass du allen Ernstes an solche Dinge glaubst!«

Sie sah ihn von unten in ihrer selbstgefälligen Art an, die alle rasend machte.

»Erstens: Ich beiße sie nicht wirklich. In der heutigen Zeit kann man sich ja nicht mal mehr auf ein fünfjähriges Kind verlassen. Zweitens: Natürlich

glaube ich NICHT daran. Es sind die anderen, die daran glauben. Mir reicht es, dass sie dafür bezahlen.«

Sie öffnete eine Schublade der Kommode und zeigte ihren Schatz an Tauschwaren vor, der einen Indianerstamm in den Wahnsinn getrieben hätte. Ein paar Monate später dann hörte sie auf Vampirfilme zu sammeln und eröffnete stattdessen ein Girokonto.

Angelica hatte nur zwei zügellose Leidenschaften: eine kleine und eine große.

Die kleine waren die Videospiele, eins ganz besonders, wo eine Tomate eine Straße überqueren musste und immer zermatscht unter einem Auto endete. Es hatte eine sauschlechte Grafik und war immer gleich. Eine rote Blase rollte über die Straße und machte PLOF!, wenn sie zerquetscht wurde. Was Angelica daran so besonders fand, blieb allen anderen zunächst ein Rätsel. Sie verbrachte höchst konzentriert viel Zeit mit dem Spiel und es schien, als würde sie wirklich trainieren. Dann plötzlich wurde es allen klar. Ihre Mutter sah von oben aus dem Fenster, wie sie Reddie, eine rote Tigerkatze, die mindestens fünf Kilo wog und in der Pförtnerloge wohnte, auf die Straße warf. Die Katze wurde von einem Verkehrspolizisten gerettet, der bei dem Versuch, sie wieder einzufangen, unter einen Fiat 131 geriet und sich ein Bein brach.

Die große Leidenschaft hingegen war Robbie Williams. Angelica weinte, als er Take That verließ, von denen sie ein gigantisches Poster über ihrem Bett hängen hatte. Dann schnitt sie den Teil, der Robbie Williams zeigte, ab, verkaufte den Rest mit den vier anderen Knaben an eine Freundin aus der Grundschule und verbrachte den Rest des Tages damit, eine Wirtschaftszeitung zu lesen, um zu entscheiden, wie sie den Gewinn am besten anlegen könnte.

»Sie lebt in einer anderen Welt«, sagte ihre Mutter immer. »Es dauert nicht mehr lange, dann wird sie aufhören, davon zu reden.«

38,9°

Bevor wir ins Präsidium fuhren, habe ich Todeschini angerufen und ihn aus dem Bett geholt, damit er ins Büro käme, auch wenn es schon fast Mitternacht ist. Todeschini hat ein bisschen geflucht, aber als ich ihm von einem dicken Fisch & möglicher Beförderung erzählt habe, hat er sich überreden lassen, auch wenn er gedroht hat mich zur Schnecke zu machen, falls alles nur ein Schwindel wäre.

Bevor wir ins Präsidium fuhren, haben Sui und ich uns dann noch einen glaubwürdigen Ablauf der Geschehnisse ausgedacht.

Sie ist niemals bei der Schießerei am Nachmittag dabei gewesen. Nie im Restaurant mit dem Roten Drachen gewesen. Nachdem ich Hô gefunden habe, hat er mir zu verstehen gegeben, dass er telefonieren wolle, und hat sie angerufen. Das ist zwar etwas dürftig, aber für den Augenblick reicht es.

Bevor wir ins Präsidium fuhren, habe ich zu Angelica gesagt, dass sie sich sofort ins Bett legen soll. Sie hat erst akzeptiert, als ich einen Zehner für die moralischen und materiellen Schäden lockergemacht habe.

Die moralischen Schäden: all der Stress und die schlaflosen Stunden.

Die materiellen: die Krümel, die Hô in ihrem Bett hinterlassen hat.

Aber kaum dass ich im Präsidium ankomme, erlebe ich eine Überraschung. Der Wachposten am Eingang lehnt sich über seinen Schreibtisch, wirft einen Blick unter die Latzhose von Sui, die Hô im Arm hält, und reicht mir den Telefonhörer herüber. Ich schaue ihn megaböse an, nehme den Hörer und lausche.
In der Zwischenzeit gibt Sui einen Ausweis ab, nimmt ein kleines Schild mit der Nummer *12* und befestigt es an ihrem Latz, während der Wachposten ihr immer noch in den Ausschnitt glotzt.
Ich sehe ihn nicht mehr böse an.
Der Grund: Ich höre zu.
Als ich auflege, muss ich noch blasser aussehen als vorher, denn Sui sieht mich besorgt an und fragt: »Was ist los?«
Ich reiße ihr die Nummer von der Latzhose und schnappe mir den Ausweis, den der Wachmann immer noch in der Hand hält, dann ergreife ich Sui an einem Träger und ziehe sie und Hô im Laufschritt nach draußen zu der Lambretta.
Am Telefon war Angelica. Sie sagte, dass es ihr im Augenblick gut ginge, aber dass die beiden Chinesen, die sie fortbrächten, nicht gerade sehr Vertrauen erweckend aussähen. Sie sagte, wir sollen nach Hause fahren und einen Anruf abwarten, ohne die Polizei zu benachrichtigen. Sie sagte, dass andernfalls die Chinesen ihr die Kehle durchschneiden würden und es dann hinterher mein Problem wäre, es Mamma zu erklären.

Zu Hause stelle ich fest, dass die Tür eingetreten und die Wohnung leer ist. Es scheint ein Traum zu sein, bes-

ser gesagt, ein Alptraum, denn das Fieber lässt alles vor meinen Augen funkeln und die Ränder meines Sichtfeldes verschwimmen wie in einem Film.
Der leere Flur scheint nach rechts anzusteigen, das Wohnzimmer mit dem laufenden Fernseher kommt mir oval vor wie ein Foto, das mit einem Froschauge aufgenommen wurde, und das leere Zimmer von Angelica tanzt vor meinen Augen, als würde es mit einer Handkamera gefilmt.
Verzweifelt lasse ich mich auf das Sofa fallen und möchte am liebsten heulen. Ich tue es nur aus dem Grund nicht, weil aus meinen fieberroten Augen sowieso keine Träne kommen würde.
»Du weißt, was sie wollen, nicht wahr?«, sagt Sui und setzt Hô in einen Sessel. Er lächelt immer noch, der kleine Chinese, denn sowohl auf der Hin- als auch auf der Rückfahrt stand er auf dem Trittbrett der Lambretta zwischen mir und dem Lenker und hatte Spaß daran, sich den Nachtwind ins Gesicht wehen zu lassen, please.
»Ich weiß«, sage ich. »Ich habe genug Filme gesehen, um es zu wissen. Sie lassen uns ein wenig schmoren, dann rufen sie an, um uns einen Handel vorzuschlagen. Angelica gegen Hô, an einem Ort, den nur sie kennen, zu einer Uhrzeit, die ihnen passt, und ohne Begleitung.«
Sui seufzt. Sie verschränkt die Arme vor der Brust. Die Latzhose rutscht ihr etwas über die nackte Schulter, doch ich schaue sie nicht mal an. Ich bin mit meinen Gedanken bei Angelica.
»Und weißt du, was danach geschieht?«, fragt sie weiter.

»Ja. In den Filmen passiert es nie, aber ich bin lange genug Polizist, um es zu wissen. Sie werden uns alle umbringen.«

Jetzt muss ich also doch weinen. Es ist nur eine einzige Träne, die sofort auf meiner kochenden Wange verdampft, aber sie reicht aus, um mich blöde, lächerlich und schutzlos zu fühlen. Ein schöner Polizist, wirklich.

Sui spricht mit Hô, schnell und immer noch ohne Pause. Hô schüttelt den Kopf.

»Es ist sinnlos«, sagt Sui. »Er kann sich nicht an den Ort erinnern, von wo er geflohen ist. Soochow ist nicht Bologna. Und wenn wir deine Kollegen alarmieren, wird es nur noch schlimmer, denn bevor wir ihnen erklärt haben, was passiert ist, vergeht die halbe Nacht und dann sind sie gezwungen einzugreifen und es gibt ein Blutbad. Was tun wir?«

Ich weiß es nicht. Ich weiß es wirklich nicht.

Plötzlich überkommt mich der Drang, mich zu bewegen, auch wenn meine Knochen durch das Fieber völlig kaputt sind. Also stehe ich auf und laufe durch das Zimmer. Hô sieht mich an und lächelt ruhig. Ich weiß nicht, was zum Teufel ich tun soll.

Ich gehe zum Tisch, auf dem immer noch Angelicas Heft aufgeschlagen daliegt und quer darüber ein Bleistift. Unter dem Rand des Umschlages lugt eine Fotografie hervor, die ich herausziehe und durch meine Finger gleiten lasse. Robbie Williams in zerrissenen Jeans und einer Jacke mit nichts drunter, sein Gesicht von den Spuren eines Kusses ganz beschmiert.

Wieder könnte ich heulen, und um mich zusammenzureißen, konzentriere ich mich auf die Hausaufgaben, die Angelica gerade gemacht hat. Mathe. Multiplizieren mit zweistelligen Zahlen.

23 x 12 = 276
431 x 86 = 37066
1.234.789.654 x 11 = 13.582.686.194

Mit einem roten und einem blauen Stift. Dann, weiter unten, stehen ein paar Zeilen mit Bleistift in der ordentlichen Schrift einer Fünftklässlerin.

Erste Idee: Tschingtschu fühlt sich einsam und will nach Hause telefonieren wie E.T.
Zweite Idee: Tschingtschu versucht nach China zurückzufahren, doch weil Bologna keinen Hafen hat, geht er zum Bahnhof.

Sui legt mir von hinten eine Hand auf die Schulter. Sie drückt mich, dann legt sie ihre Stirn an meinen Hals. Sie murmelt: »Gott, wie du glühst.« Aber ich höre ihr nicht zu.

Dritte Idee . . .

Ich drehe mich um und umarme sie, denn ich habe gerade das Bedürfnis, jemanden festzuhalten. Traumfrau, Traum-Lambretta. Schade, dass der Rest nicht so gut funktioniert – meine Schwester in den Händen der Triade.

Sui streicht mit ihren Fingern durch mein Haar, über meinen Nacken und zieht meinen Kopf auf ihre Schulter. Ich fühle, wie ihre Lippen mein Ohr streifen, fühle ihren warmen Atem auf meiner Wange. Sie flüstert: »Wir brauchen eine Idee ... nur eine Idee ...«

Dritte Idee: Wenn die Lambretta wirklich so schön ist . . .

Ich hebe so ruckartig den Kopf, dass Suis Nase in mein Ohr rutscht. Sie löst sich mit einem Stöhnen von mir und umfasst mit einer Hand ihre Nase, doch ich bin vollkommen auf das Heft von Angelica konzentriert. Ich nehme es und halte es dichter an die Augen, so als wolle ich in das Heft hineinkriechen.

Dritte Idee: Wenn die Lambretta wirklich so schön ist . . .

Scheiße ... warum habe ich nicht selbst daran gedacht? Teufelskerl, diese Angelica ... dieses Mädchen ist ein Genie. Ich überlasse Sui das Heft und zeige mit dem Finger auf die Zeilen, die sie lesen soll. Sie sieht mit ihren zusammengekniffenen Augen, zwei schrägen Schlitzen, zu mir hoch.
»Hast du eine Pistole?«, fragt sie mich.
»Ja ... in meinem Spind im Präsidium.«
»Dafür haben wir keine Zeit. Ich habe eine dabei. Gehen wir.«

Auch Sui war ein intelligentes und ehrgeiziges Kind wie Angelica.

Sie war so auf Draht, dass der Staat, als sie zehn Jahre alt war und in Wenchow lebte, entschied sie auf die Universität zu schicken und sie Ingenieurswesen studieren zu lassen. Denn in China entscheidet der Staat, welche Schule man besuchen darf und welche nicht. Sui hätte lieber Medizin studiert und wahrscheinlich hat sie deshalb mit sechzehn beschlossen zu ihrem Bruder zu ziehen, der in Hongkong arbeitete, das zwar auch in China liegt, aber damals noch ein anderer Staat war.

In Hongkong stellte Sui fest, dass Medizin auch nicht das Richtige für sie war, denn das, was sie am besten konnte, war Sprachenlernen und vor allem Italienisch, das ihr besonders gefiel. Ihr Traum wurde es, in einem italienisch-chinesischen Kulturverein zu arbeiten oder besser noch bei ihrem Bruder zu bleiben, der eine Import-Export-Firma besaß und seine Geschäfte auch nach Italien hätte ausdehnen können.

Der Bruder von Sui hatte allerdings einen Geschäftspartner.

Lu Yang.

Ein eleganter Typ, der ihr am Anfang sehr gefiel, denn er kleidete sich italienisch und war sehr höf-

lich . . . zu höflich, besonders von dem Augenblick an, seit sich Sui, die mittlerweile neunzehn war, zu einem richtig schönen Mädchen entwickelt hatte.
Aber das war nicht das Problem, auch nicht die immer aufdringlicher werdenden Aufmerksamkeiten von Lu Yang, der darauf bestand, sie zum Abendessen auszuführen, sie auf dem Motorboot mitzunehmen oder sich auf seinen Geschäftsreisen nach Europa von ihr begleiten zu lassen . . . das Problem waren die Freunde von Lu Yang. Das heißt die Triade von Hongkong.
Suis Bruder bemerkte es, als er eines Tages die Ladung eines Schiffes, das nach Frankreich auslief, kontrollieren wollte, um ganz sicherzugehen. Im Laderaum des Schiffes fand er fünfundvierzig illegale Auswanderer, die durch die feuchte Hitze und den Gestank des Dieselöls halb tot waren. Er ließ sie von Bord bringen und rief die Polizei.
Sui, die gerade zu Besuch in seinem Büro war, vergaß diesen Tag nie, als sie all diese zerlumpten und verzweifelten Menschen sah, die von dem Schiff kamen. Aber vor allem vergaß sie nie den Tag danach, als sie sah, wie die Taucher ihren Bruder aus einem Hafenbecken von Hongkong fischten.
Das war der Moment, als sie entschied, dass sie weder Ingenieur noch Ärztin noch Übersetzerin aus dem Italienischen werden wollte, sondern Polizistin. Und weil Lu Yang wegen des Mordes an ihrem Bruder nicht in den Knast wanderte, sondern es fertig brachte, den Magistrat und die Zeugen zu bestechen, und

schließlich alleiniger Firmenchef wurde, entschied sie, dass sie in Hongkong nichts mehr ändern konnte, und kehrte nach China zurück.
Wahrscheinlich gab es auch dort genauso viel Bestechung, doch immerhin wusste sie es nicht mit allerletzter Sicherheit und hatte noch Hoffnung.
So kam es, dass sie innerhalb von wenigen Jahren das Schießen und Kung Fu lernte, Fingerabdrücke, gefälschte Pässe und Reisepapiere erkennen konnte und sich in Bologna auf dem Rücksitz einer Lambretta wieder fand, einen italienischen Polizisten, der vor Fieber glühte, umarmte und der dritten Idee eines zehneinhalbjährigen Mädchens mit Namen Angelica auf den Grund ging.

39°

Dritte Idee: Wenn die Lambretta wirklich so schön ist, warum hat der Besitzer sie dann nicht sofort als gestohlen gemeldet? Kann es sein, dass auch er was mit der Sache zu tun hat?

Es braucht nur eine Minute, um die Zentrale anzurufen und das Nummernschild der Lambretta kontrollieren zu lassen.
Fünf Minuten, bis der Beamte eine Verbindung mit dem Computer der Verkehrsabteilung aufgebaut hat, noch eine Minute, bis er mir eine Antwort geben kann.
Keine, bis wir die Treppen in meinem Haus hinuntergehechtet sind und an dem auf der Straße geparkten Roller ankommen, weitere fünf Minuten, bis wir Hô im Roten Drachen absetzen.
Wir verlieren zehn, bis Sui begreift, dass uns niemand aus der Küche begleiten wird, denn: Okay, Sui haben wir gedeckt, Hô, na gut, den behalten wir da, aber uns mit der Triade anlegen, nein, danke, tut uns Leid.
Noch eine Minute, bis sich ihr Drang, eine Pfanne mit *Rindfleisch in Fünf Farben* auf die Erde zu pfeffern, gelegt hat, und wir sind wieder mit der Lambretta auf der Straße.
→ Via Sant'Isaia ↔ auf der falschen Seite hinauf ↗ bis zur Porta Saragozza, mit Höchstgeschwindigkeit auf

der Busspur und rutschend ↘↗ in die Gasse hinein, die mir der Dienst habende Beamte in der Zentrale diktiert hat.

Als wir die Lambretta zur Sicherheit ein paar Hausnummern weiter um die Ecke abstellen, bin ich eine brennende Eisflamme, die Luft zzziiiischt um mich herum, als koche sie, und hhhuuuunderte von kleinen Fischen saugen mit ihren winzigen, roten Mündern an meiner Haut. Das Fieber muss auf hunderttausend Grad gestiegen sein. Auf meiner Brust könnte ich glatt ein Ei braten.

Der Bogengang ist lang und dunkel. Die Hausnummer des Besitzers der Lambretta ist die Fünf und die Fünf ist eine schmale Tür aus grünem Holz, von der die Farbe abblättert. Daneben befindet sich ein schmales Kellerfenster, das mit einer Metallplatte verschlossen ist. Vorsichtig nähern wir uns und Sui zieht ein kleines Messer hervor, das sie in das Schloss steckt. Ein Streifenwagen der Carabinieri fährt vorbei und wie im Film umarmt mich Sui, wobei sie so tut, als küsse sie mich. Ich dagegen küsse sie wirklich, denn, okay, schließlich habe ich Fieber & wen kümmert's schon. Das Schöne ist, dass sie sich nicht ziert.

Hinter der Tür liegt ein enger Korridor, der so stinkt, als ob er als Pissoir missbraucht werden würde. Am Ende des Korridors liegt ein quadratischer Hof mit einem Kiesboden. Um den Hof herum erheben sich die Mauern eines alten Palazzo mit verschlossenen Fenstern, die man gerade noch an den obersten Stockwerken erkennen kann, denn der Mond ist schon fast unterge-

gangen und spiegelt sich nur noch dort oben wider. Darunter breitet sich die totale Dunkelheit aus.
Und nur weil er raucht, bemerken wir den Mann, der vor uns auf den weiß schimmernden Stufen einer Eingangstür auf der anderen Seite des Hofes sitzt, und wir bemerken ihn rechtzeitig. Denn ich habe gerade die Spitze meiner Springerstiefel auf den Kies gesetzt, der ein knirschendes Geräusch von sich gibt, sodass ich sofort innehalte. Sui legt einen Finger an ihren Mund, während ich mein Bein zurückziehe und wir uns gemeinsam im Korridor verstecken.
Aus dem hinteren Teil ihrer Latzhose zieht sie die Pistole hervor und reicht sie mir, wobei sie sie am Lauf festhält. Dann lehnt sie sich mit dem Hintern an die Wand und zieht sich die Schuhe aus, die sie mir ebenfalls herüberreicht. Sie verlässt den Korridor und schlüpft lautlos um die Ecke. Ihre nackten Füße lassen den Kies nur so leise knirschen, dass ich es nicht mehr höre, sobald sie sich weiter entfernt.
Ich halte den Atem an und starre auf den schwarzen Schatten des Mannes auf den Stufen, dessen Gesicht bei jedem Zug an der Zigarette rot erleuchtet wird.
Rot, ruhig und sitzend.
Rot, ruhig und sitzend.
Rot, ruhig und sitzend.
Rot, verwundert und sitzend.
Rot, misstrauisch und stehend.
Er muss gehört haben, wie sie näher kommt. Was mache ich? Erschieße ich ihn? Nein, ich werfe einen Schuh nach ihm.

Ich werfe den linken Schuh von Sui in den Hof, in die entgegengesetzte Richtung, in der sie verschwunden ist. Der Mann dreht sich dorthin, was ich an der Bewegung des schwarzen Schattens erkenne, er knurrte etwas wie *Wer ist da* auf Chinesisch, das sich sofort in einen Seufzer verwandelt. Die Glut an dem Zigarettenende leuchtet stärker auf und erhellt für einen Augenblick das Gesicht des Mannes mit seinen aufgerissenen Augen und dem Arm von Sui, der seinen Hals zudrückt. Dann fällt die Zigarette zu Boden und alles versinkt in der Dunkelheit.

Mit ausgestreckter Pistole und dem rechten Schuh von Sui in der Hand komme ich vorsichtig näher. Der Mann liegt unbeweglich auf dem Boden und Sui fesselt seine Hände hinter seinem Rücken mit einem Gürtel. Ich gebe ihr den Schuh.

»Den anderen habe ich benutzt«, sage ich, »aber ich glaube, dass du ihn in dieser Dunkelheit nicht mehr finden wirst.«

Sie zuckt mit den Achseln und nimmt ihn trotzdem. Sie gibt mir ein Zeichen, ihr die Stufen hinaufzufolgen, dann betreten wir einen anderen Korridor, der noch länger, aber genauso dunkel ist und von dem drei Türen abgehen.

Die eine auf der linken Seite führt in einen Keller. Das riechen wir an dem feuchten Geruch der kalten Luft, die uns umfängt, als wir an ihr vorbeigehen. Treppenstufen führen hinab und verschwinden in einem dunklen, tunnelartigen Loch, an dessen Ende ein winziger Lichtstrahl sichtbar wird, so als komme er unter einer

Tür hindurch. Wir wollen gerade die Treppe hinunter, als eine Tür zum Korridor geöffnet, ein Schalter betätigt und alles taghell erleuchtet wird.
Derjenige, der das Licht angeknipst hat, ist Glatzkopf, der mit der Hand auf dem Lichtschalter erstaunt innehält und uns anstarrt. Sui steht noch immer auf der Schwelle zum Keller und ich halte die Pistole in der Hand, die ich gerade auf ihn gerichtet habe. Und wieder dieselbe Frage: Was mache ich? Erschieße ich ihn? Und wenn das ganze Haus voll mit Leuten der Triade ist, die sich bis an die Zähne bewaffnet auf uns stürzen und uns zu Kleinholz verarbeiten werden?
Ein sehr schnelles Zischen saust an meinem Ohr vorbei. Es ist Suis rechter Schuh, der Glatzkopf am Mund trifft. Eine Sekunde später sind wir beide an ihm dran, Sui, die einen seiner Arme festhält und ihre Beine um seine Hüften presst, und ich, der ihm mit dem Knauf der Pistole einen Schlag auf den Kopf versetzt. Ich gebärde mich wie ein Tier – es ist ja wohl klar, wer wir sind? Rambo I und II natürlich . . . – doch dann geschieht ein Unglück.
Bevor Glatzkopf das Bewusstsein verliert, streckt er ein Bein aus & versetzt mir einen Tritt in die Eier, der mir nicht nur tierische Schmerzen bereitet, sondern mich auch dazu bringt, meine Hand so unvermittelt zusammenzuziehen, dass ich einen Pistolenschuss an die Decke abgebe.
Ein Schuss des Kalibers neun in einem engen Korridor hat etwas Bestialisches an sich, das man sich nicht vorstellen kann. Es ist ein ohrenbetäubendes Geräusch, das

einen die Kontrolle über die Muskeln verlieren lässt – und wirklich, ich fange an meine Arme & Beine wie ein Verrückter zu bewegen.
In meinen Ohren ist nichts als ein sehr hohes Pfeifen und ich kann nicht hören, was Sui mir sagt, während sie auf etwas hinter meinem Rücken zeigt. Dann sehe ich eine Staubwolke aus Wandfarbe neben meinem Kopf und kapiere sofort.
Instinktiv bücke ich mich und drehe meinen bewaffneten Arm in Richtung Bürstenschnitt, der hinter der Ecke aus dem Keller hervorgeschossen kommt, bereit noch einmal auf mich zu schießen, doch ich komme ihm zuvor.
Ein zweiter höllischer Schlag erfüllt den Korridor. Bürstenschnitt fällt nach hinten, und als ich mich die Kellertreppe hinabbeuge, ist er gerade am unteren Ende der Stufen angelangt. Während ich hinunterlaufe, schießt mir ein Gedanke durch den Kopf:

SCHEISSE!
ICH HABE AUF EINEN MENSCHEN GESCHOSSEN!

Aber als ich unten ankomme, muss ich wahrheitshalber zugeben, dass es mir beinahe gefällt, auf ihn geschossen zu haben.
Der Raum am Fuß der Treppe ist schmal & lang, erleuchtet von einer weißen & blendenden Neonröhre. Entlang der feuchten Mauer stehen fünfzehn Hocker und fünfzehn schwarze Tische, alle gleich.

In eine Ecke gedrängt steht ein einziger Block aus Kindern in Unterhemden, ein einziger Block aus weißen und blauen Streifen mit fünfzehn Paar schrägen und aufgerissenen Augen, die auf mich gerichtet sind.
Nein, vierzehn Paar schräge Augen. Zwei Augen sind rund, azurblau und klimpern ein paar Mal mit den Wimpern.
»Vittorio!«, seufzt Angelica. »Diesmal kommst du mir für die moralischen und materiellen Schäden nicht mit einem Zehner davon!«
Einen Augenblick später lässt mich ein undefinierbares Geräusch hinter meinem Rücken abrupt herumfahren.
Sui rollt in den Raum, so als wäre sie die Stufen auf ihrem Hintern heruntergerutscht.
Dann schließt sich die Kellertür plötzlich mit einem dumpfen Schlag.

BUM!

In China war Sui einmal nahe dran gewesen, Lu Yang verhaften zu können. Sie hatte einen seiner Männer in Handschellen gelegt, nach einer Ermittlung, für die sie sechs Monate lang im Hafen von Kanton gelebt hatte, verkleidet als Arbeiterin einer Konservenfabrik.
Sechs Monate lang hatte sie Sepia, Tintenfische und Krebse geputzt und dabei die Schiffe beobachtet, die im Hafen anlegten. Als das Schiff von Lu Yang eintraf, um eine Gruppe von kleinen illegalen Auswanderern zu transportieren, hatte Sui die Falle zuschnappen lassen und die gesamte Mannschaft eingebuchtet, einschließlich des Mannes, den Lu Yang mitgeschickt hatte, um die Operation zu überwachen. Der wäre bereit gewesen eine Aussage zu machen, aber kaum war er ins Gefängnis gesteckt worden, wurde er umgebracht und so konnte Lu Yang nicht eingesperrt werden, sondern lebte weiter in Hongkong, frei und seelenruhig.
»Es ist sinnlos«, hatte ihr Chef gesagt und seinen Arm um ihre Schultern gelegt, als sie am Fenster des Büros stand und vor Wut heulte. »Wir können nicht gewinnen. Sie sind zu mächtig.«
»Das ist nicht wahr«, hatte sie unter Tränen geantwortet. »Das ist nicht wahr. Das glaube ich nicht.«
Und so, um all die Lu Yangs der Welt zu bekämpfen, wo auch immer sie ihre schmutzigen Geschäfte be-

trieben, war Sui nach Italien aufgebrochen, wo jedes Jahr ungefähr zehntausend illegale Einwanderer ankommen und abfahren.

»Es ist sinnlos«, hatte der Chef gesagt. »Sie sind zu stark.«

Unvermittelt erinnerte sie sich wieder an diese Worte, als sie – auf hinterlistige Weise von einem großen oder kleinen Lu Yang gestoßen – in freiem Flug, bei dem ihre nackten Füße die Stufen nicht mehr berührten, die Kellertreppe hinuntersegelte.

39,5°. Vielleicht ein bisschen mehr.

Meine Lungen brennen.
Mein Kopf explodiert.
Mein Blick vernebelt sich.
Der Schüttelfrost rüttelt an meinen Knochen wie der Wind an einer alten Tür.
Mir ist kalt und im selben Moment schwitze ich, bis mein Hemd klatschnass ist.

Aber es gibt Schlimmeres als hohes Fieber. Zum Beispiel zusammen mit fünfzehn Kindern und einem Polizeimädchen in einem Keller eingesperrt zu sein, während hinter der Tür die gesamte Triade von Schanghai lauert und nur darauf wartet, dich in allerkleinste Stücke zerhacken zu können.

Sui hat sich die Pistole gegriffen, das Magazin herausgenommen und kontrolliert, wie viele Schüsse noch drinnen sind. Achtzehn minus die fünf auf den Lieferwagen = dreizehn. Minus diejenigen, die ich vorhin wie ein Idiot verschossen habe, = elf. Wenn wir dann noch die abziehen, die Sui auf die Tür abgegeben hat, als wir den Riegel beim Öffnen der Tür quietschen hörten, bleiben neun. Wenn ich mich verrechnet habe, dann ist nicht das Fieber schuld, sondern weil ich schon immer eine Niete in Mathe war.

Wie auch immer, hin und wieder phantasiere ich.

Ausgestreckt auf der Erde, den Kopf auf Angelicas Bei-

ne gebettet, sage ich ab und zu Sätze ohne Sinn in die Richtung der Neonröhre, die megaweiß an der Decke glänzt. Die anderen Kinder stehen dicht um mich herum, denn in dem Keller ist es kalt und ich verströme Hitze wie ein Backofen.
Sui hat mitten im Raum ein paar umgeworfene Tische als Barrieren in Richtung Tür verteilt und sich mit ausgestreckter Pistole dahinter verschanzt.
Am Ende des Raums, fast an der Tür, liegt Bürstenschnitt auf dem Fußboden mit ausgebreiteten Armen wie am Kreuz und sieht so auf den ersten Blick ziemlich tot aus.
Ich phantasiere, aber hin und wieder erwische ich einen klaren Moment.
Ich sage:
»ICH KENNE DIESE KELLER, ICH KENNE DIE HÄUSER IN DIESER STRASSE. SIE VERFÜGEN ÜBER EINE NATÜRLICHE SCHALLDÄMMUNG, BESSER ALS IN EINEM PROBERAUM. WIR WAREN MIT KAPPUCCINO KID HIER, UM MUSIK ZU MACHEN UND BEI DIESEN DICKEN MAUERN BRAUCHTEN WIR NICHT MAL EIERKARTONS AN DIE WÄNDE ZU KLEBEN. GLAUBT NUR NICHT, DASS IRGENDJEMAND DIE SCHÜSSE GEHÖRT HAT UND DIE POLIZEI RUFT. NICHT MAL MIT EINER KANONE, WISST IHR ...«
Ich sage:
»WIR HÄTTEN TODESCHINI EINE NACHRICHT HINTERLASSEN SOLLEN. JETZT WIRD

ER STINKSAUER SEIN WEGEN DEM MIST, DEN ICH IHM EINGEBROCKT HABE, UND RECHNET BLOSS NICHT DAMIT, DASS DIE POLIZEI KOMMT WIE IM FILM. SCHLIESSLICH WEISS NIEMAND, DASS WIR HIER SIND.«
Ich sage:
»SUI, DU BIST DAS SCHÖNSTE MÄDCHEN, DAS ICH JEMALS GESEHEN HABE . . .«, was die Wahrheit ist, aber okay, jetzt ist sicherlich weder der richtige Ort noch der richtige Moment, um gewisse Dinge einzugestehen.
Ich sage:
»AUCH WENN WIR UNS ERGEBEN, DIE DA DRAUSSEN KÖNNEN UNS NICHT GEHEN LASSEN. WIR SIND ALLE ZEUGEN. SIE MÜSSEN UNS ZWANGSLÄUFIG ALLE UMBRINGEN.«
Auf diese letzte Bemerkung antwortet mir eine Stimme in Italienisch, in gutem, korrektem Italienisch mit einem leichten Bologneser Akzent.
»Da täuschst du dich gewaltig, Bulle.«

BUM!

Sui lässt eine Kanonade auf die Tür los und wir hören aufgeregte Schritte die Treppe hinaufrennen. Dann, nach einer Weile, hören wir vorsichtige Schritte, die wieder herunterkommen.
»Kann ich an die Tür kommen? Ich will nur reden . . .«

»Schieß los!«

BUM!

Eine weitere Kanonade und aufgeregte Schritte, die die Flucht ergreifen, während ich brülle: »Nein! Das war doch nur so eine Redensart ... Ich meinte, *sprich!*«
Sui zieht eine Grimasse. Sie sagt: »Drück dich das nächste Mal klarer aus!«, dann hebt sie die Pistole zur Decke. Wieder sind vorsichtige Schritte hinter der Tür zu hören. Die Stimme räuspert sich.
»Also ... beruhigen wir uns und überlegen einmal! Dort drin sind vierzehn Kinder, die eine nicht gerade unerhebliche Arbeitskraft für uns darstellen. Sagen wir mal, dass sie pro Tag für hunderttausend Lire pro Kopf produzieren, was einen Gesamtverlust bedeutet ... von ...«
»... einer Million vierhunderttausend am Tag«, platzt Angelica dazwischen.
»Exakt. Jetzt ... haben wir hier draußen eine Maschinenpistole, könnten eine Salve durch die Tür abgeben und euch alle umbringen, ohne uns die Mühe zu machen, die Tür zu öffnen. Aber für uns wäre es ein erheblicher Verlust ... wirtschaftlich gesehen.«
»Wie kann man nur so von Kindern reden!«, knurre ich. »Sie könnten deine Kinder sein, du Bastard! Es sind Chinesen wie du!«
»Irrtum!«, lacht die Stimme. »Ich bin Bologneser! Die Triade schickt uns die kleinen Sklaven, aber vor allem wir Italiener verdienen daran. Mein Großvater erzählte mir, dass es schon vor dem Krieg in Bologna Chinesen

gab, die als fliegende Händler arbeiteten. Sie verkauften Krawatten für fünf Lire ... *dlei Klawatten fül fünf Lile*, sagten sie ... und von wem, glaubst du, kamen die *Klawatten?* Von dem Chinesen, der sie verkaufte? Nein, von meinem Großvater kamen sie ...«

»Mmmmm«, murmelt Angelica hinter mir. Es ist ein verärgertes *Mmmmm*, ein Zeichen dafür, dass auch ihre gedankenlose Natur als wildernde Unternehmerin so ihre Skrupel hegt. Mir einen Zehner aus der Tasche zu ziehen ist okay, aber Kinder auszubeuten ganz und gar nicht.

»Aber hör zu, Bulle ...«, ruft die Stimme hinter der Tür, »je mehr Zeit vergeht, umso größer wird das Risiko, dass wir entdeckt werden. Und im Hinblick auf die Möglichkeit, dass wir alle im Knast landen, wird der wirtschaftliche Verlust durchaus akzeptabel. Also, ich gebe euch eine Minute, um euch zu ergeben und uns ohne Widerstand hineinzulassen.«

»Und wir?«, fragt Sui und zielt erneut mit der Pistole auf die Tür. »Ich und der Polizist ... wir sind keine nützlichen Arbeitskräfte für euch.«

»Genau ... euch werden wir umlegen. Der einzige Unterschied sind die Kinder. Wenn ihr euch sofort ergebt, rettet ihr die Leben der Kinder. Haben oder nicht haben.«

Sui dreht sich um und sieht mich an. Ich drehe gerade eine Runde in der Fieber-Stratosphäre und brauche eine Weile, bis ich wieder auf die Erde zurückkehre. Als ich ankomme, ist sie immer noch da und schaut mich mit Tränen in den Augen an.

Selbst so ist sie schön, denke ich.
»Was tun wir?«, fragt sie mich.
Ja, was tun wir? Warum fragt sie mich das? Warum fragt ihr immer alle mich? Ich habe Fieber . . . ich kann keine Hausaufgaben machen, ich kann nicht in die Schule gehen. Ich habe Fieber . . . was wollt ihr von mir? Lasst mich schlafen!
»Wir ergeben uns«, sage ich. Ich merke, wie Angelica ihre Beine unter meinem Kopf bewegt, und hebe eine Hand, um ihre Wange zu streicheln, obwohl ich sie nicht sehen kann.
»Nur die Ruhe«, flüstere ich, »es wird alles gut werden. Ich habe eine GROSSARTIGE IDEE.«
Das ist nicht wahr.
Ich habe überhaupt keine Idee.
Ich habe Schüttelfrost.
Ich habe Fieber.
Auch Sui hat keine Idee. Sie legt den Kopf auf einen Arm und verharrt einen Moment bewegungslos, als ob sie schliefe. Dann hebt sie ihn abrupt wieder hoch und wirft die Pistole gegen die Tür.
»Okay!«, schreit sie. »Ihr habt gewonnen! Wir ergeben uns!«
Der Riegel rutscht durch die Halterung, vorsichtig und ganz langsam. Die Tür öffnet sich behutsam, Zentimeter für Zentimeter, bis sie durch den Körper von Bürstenschnitt gestoppt wird. Der Kopf des Typen mit der Schachbrettmütze schiebt sich ängstlich durch den Spalt, schaut hinunter auf den Körper des Chinesen und verschwindet dann wieder. Die Tür bewegt sich nun

entschlossener, wird aufgestoßen, ohne Rücksicht auf Bürstenschnitt.
Der Erste, der eintritt, ist Glatzkopf mit einer Maschinenpistole in der Hand, was ein Angstgemurmel bei den Kindern auslöst. Schachbrettmütze folgt ihm mit einer Pistole in der Hand. Mit einem Fußtritt kickt er die Waffe von Sui in die andere Ecke des Raumes.
Ich breche zu einem weiteren kribbelnden und weißen Raumflug auf, bei dem ich von einem Schwarm frittierter Fische aus einer anderen Galaxie bei lebendigem Leib aufgefuttert werde. Ich kreise durch die Milchstraße und komme nur für ein paar kurze Stippvisiten herunter. Die erste Stippvisite geschieht aus Anlass eines Knalls, der dicht neben mir explodiert. Ich sehe Sui aufrecht stehen, ihren Kopf auf der einen Schulter, die Haare fallen ihr ins Gesicht. Und ich sehe Glatzkopf mit der offenen Hand, die noch von der Ohrfeige vibriert, die er Sui eben als Rache für den Schuh, den er in die Fresse bekommen hatte, verpasst hat.
Meine zweite Stippvisite findet statt, als Sui und Angelica versuchen mich auf die Füße zu stellen, aber sie haben nicht die gleiche Körpergröße, um mir als Krücken dienen zu können, sodass ich wieder auf den Boden rutsche. Ein Tritt in meine Rippen bringt mich vollständig auf die Erde zurück.

Milchstraße

▼

Sonnensystem

▼

PLANET ERDE

▼

EUROPA

▼

ITALIEN

▼

BOLOGNA

▼

PORTA SARAGOZZA

▼

KELLER

▼

BUM!

Beim Eintritt in die Erdatmosphäre gehe ich in Flammen auf.
Dann reiße ich die Augen auf und finde mich in dieser Welt wieder .
»Schon gut, schon gut ... ich schaff es schon«, murmle ich. Ich hänge mich an Sui und ziehe mich mit einem Ruck an ihrer Latzhose hoch. Dabei rutscht ein Träger ihren Arm fast bis zum Ellenbogen hinunter, ihr Busen wird unter dem blauen Latz sichtbar und verschwindet wieder. Sie umarmt mich, um sich zu bedecken, und wirft Glatzkopf einen bösen Blick zu. Er hat etwas auf Chinesisch gesagt, doch nach seinem Ekel erregenden

& geifernden Gekichere zu urteilen muss er eine tierische Schweinerei von sich gegeben haben.
Inzwischen hat sich Schachbrettmütze neben mich gestellt und drückt mir die Pistole zwischen die Rippen.
»Nichts für ungut, Bulle. Bevor ich dich erschieße ... du hast etwas, das mir gehört und das ich wiederhaben will.«
»Fick dich! Das Kind ist in Sicherheit und ihr werdet es niemals finden.«
»Wen interessiert denn das Kind ... ich habe schon vierzehn, eins mehr oder weniger ... ich rede von meiner Lambretta. Wo ist sie?«
»Fick dich.«
»Na los, Bulle ... versuch wenigstens mit Anstand zu verlieren!«
»Fick dich!«
»Bulle, so gewinnst du höchstens ein paar Sekunden, die dir nichts nützen werden, weil dir eh niemand helfen kann. Hier gibt es nur einen Haufen chinesischer Kinder ... und sonst nichts.«
Glatzkopf sagt etwas auf Chinesisch. Schachbrettmütze dreht sich um, um ihn anzusehen, während sich der andere ratlos die kahl geschorene Birne kratzt.
»Das habe ich nicht verstanden ... sag's mir hinterher, jetzt habe ich zu tun.«
Der Glatzkopf wiederholt den gleichen Satz, wieder auf Chinesisch. Sui an meiner Seite erstarrt. Ich bin kurz davor, wieder in die himmlische Prärie aufzubrechen, aber ich widerstehe der Versuchung, denn ich will wissen, was vor sich geht.

Ich weiß, dass gleich etwas passieren wird.
»Ich versteh nicht . . .«, sagt Schachbrettmütze, »was zum Teufel redest du da? Was soll das heißen, dass alle Nadeln verschwunden sind?«
Das ist der Moment.
Ein Heer von vierzehn wild gewordenen, schreienden Kindern schießt nach vorn wie ein Korken aus einer mit Hass gefüllten Flasche, in einer Silvesternacht in der Hölle.
Die großen Ledernadeln blitzen in ihren kleinen, geballten Händen, während sie alle zusammen aus dem anderen Ende des Kellers hervorgestürzt kommen und wie tausend verrückt gewordene Mäuse kreischen.
Glatzkopf springt einen Schritt nach hinten, versucht mit der Maschinenpistole zu zielen, doch er wird überwältigt und ich sehe ihn unter den Kindern verschwinden, die die Nadeln heben und senken, sehr schnell, zehn-, hundert-, tausendmal.
Schachbrettmütze steht wie versteinert. Er murmelt: »Großer Gott«, dann hebt er seinen bewaffneten Arm, aber Sui tritt mit einem Fuß gegen seine Brust und schleudert ihn nach hinten gegen die Wand. Seine Pistole schlittert über den Fußboden. Die von Sui liegt zu weit weg.
Die Kinder hören auf zu schreien, hören auf zuzustechen und wenden sich von Glatzkopf ab, der sich schon gar nicht mehr bewegt.
Die Mandelaugen in ihren blutbespritzten Gesichtern sind zusammengekniffen.
Sie ballen ihre kleinen, roten Hände um die Ledernadeln zu Fäusten.

Sie sehen Schachbrettmütze an, der schreiend die Treppe hinaufflüchtet.
Er schafft es nicht mal bis zur Tür.

Es ist sinnlos«, hatte ihr Chef damals gesagt. »Sie sind zu stark.«

*Das ist nicht wahr!, dachte Sui im Stillen, doch dann sagte sie es auch mit lauter Stimme: »DAS IST NICHT WAHR!«, und dann noch lauter, zuerst auf Italienisch »**DAS IST NICHT WAHR!**«, und dann auch auf Chinesisch »* 戊拾丁甲丙捌玖***!!!***«

40°

Ich erinnere mich an einen Krankenwagen . . . oder besser gesagt, ich erinnere mich an das schrille Sirenengeheul eines Krankenwagens, das mir in die Ohren kriecht und an meinen Trommelfellen kratzt, und dass ich sage: »Macht diesen Wecker aus und lasst mich schlafen!«

Ich erinnere mich an einen großen Schmerz in den Knochen, so als ob mich jemand verprügelt hätte, während ich schlief, ohne davon aufzuwachen, und ich erinnere mich an ein Feuer, das in meiner Brust brennt, als ob ich ein brennendes Streichholz verschluckt hätte, und dass ich sage: »Basta, Angelica, los . . . jetzt stehe ich auf.«

Ich erinnere mich an eine Trage, die wie eine Gondel im Sturm auf den Wellen hüpft, weil sie von zwei Sanitätern im Laufschritt getragen wird, und dass ich singe:

»Auf hoher Seeeeee,
da kriegt man Fernweeeehhhh!«

Ich erinnere mich an Maccolini aus dem Kindergarten, der mich »DU DUMPFBACKE!« nennt und dem ich antworte: »SELBER KACKE!«, und er: »WER DAS SAGT, IST'S SELBER!«, was mir egal ist . . . aber ich glaube nicht, dass es eine neue Erinnerung ist.

Und ich erinnere mich an die Lippen von Sui, die sich auf meinen Mund pressen und so kühl, so weich, so süß sind, please ... aber ich weiß nicht, ob dies eine Erinnerung oder vielmehr ein Traum ist.
Ich wache in einem eiskalten und glatten Bett auf, mit aufgerissenen Augen starre ich den Tropf an, der daneben steht. Ich habe einen nassen Lappen auf der Stirn. Ich hatte immer einen Horror vor dem Tropf und ich bilde mir ein das ekelhafte Gefühl der Nadel im Arm genau spüren zu können.
Ein Alptraum, den ich als Kind immer hatte, kommt mir wieder in den Sinn. Mit fünf Jahren wurden mir die Polypen entfernt, und weil ich ein Kind war, das man schon bei der Blutabnahme mit drei Mann festhalten musste und das dann in Ohnmacht fiel, verpassten sie mir bei dieser Gelegenheit eine Vollnarkose. Als ich dann noch völlig benebelt mit blutverkrusteten Nasenlöchern und einem Riesendurst aus der Narkose aufwachte, standen meine Mutter und mein Vater mit einer Schachtel Spielzeugsoldaten neben dem Bett. Aber seitdem muss ich immer denken: Oh Gott, und wenn alles nur ein Traum war? Wenn ich nun plötzlich wieder in dem kleinen Bett aufwache, fünf Jahre alt bin, blutverkrustete Nasenlöcher habe und alles noch mal von vorn anfängt?
Als ich in dem kalten Krankenhausbett aufwache, berühre ich deshalb als Erstes mit meiner freien Hand meine Nase, die glatt, trocken und ohne Verkrustungen ist.
Dann, auch wenn meine Nackenmuskeln schmerzen

und ich mich hart wie ein Stück Holz fühle, drehe ich meinen Kopf zu dem Bett, das neben meinem steht. Mit einem Kissen im Arm und zusammengekauert wie ein als Kind verkleidetes Äffchen liegt da Angelica und schläft wie ein Stein.
Okay, ich bin immer noch Vittorio, zwanzig Jahre alt, Polizist & habe Fieber.
Ich versuche den Kopf zur anderen Seite zu drehen und sehe eine Krankenschwester in einem Sessel sitzen, die sofort aufsteht, als sie bemerkt, dass ich sie ansehe.
»Wie fühlen Sie sich?«, fragt sie mich. »Sie haben sehr hohes Fieber und hätten sich eine Lungenentzündung holen können, aber jetzt kümmern wir uns darum, das Fieber zu senken.«
Sie legt mir ihre harte und eiskalte Hand auf die Wange, genau wie meine Mutter, wenn sie fühlen wollte, ob ich Fieber habe.
»Wir haben es noch nicht geschafft, Ihre Eltern zu benachrichtigen«, sagt sie, »weil wir die Nummer gewählt haben, die uns Ihre Schwester gegeben hat. Aber wir haben zweimal eine gewisse Familie Schiumarini aufgeweckt, die dann viele Dinge, viele hässliche Dinge über die Mutter und die Schwester des Oberarztes gesagt hat, der dort angerufen hat.«
Teufelskerl, diese Angelica. Ich wette, sie hat ihnen absichtlich die Nummer der falschen Großeltern gegeben.
»Besser so«, sage ich, »meine Mutter ist sehr ängstlich und heute würde ich sie sowieso nicht ertragen. Morgen kommt sie zurück und dann können Sie sie benachrichtigen.«

»Gut. Hören Sie ... ich habe noch in einem anderen Zimmer zu tun. Kann ich Sie für einen Augenblick allein lassen? Wenn Sie etwas brauchen, dann klingeln Sie nach mir. Ansonsten ist für die unwichtigeren Angelegenheiten ja Ihre Verlobte da.«
»Meine was?«
»Was ist mit Ihnen ... phantasieren Sie schon wieder?«
Die Krankenschwester verschwindet aus meinem Blickfeld. Ich fühle, wie eine kühle Hand meine Finger drückt und eine andere den feuchten Lappen auf meiner Stirn umdreht. Zwei Tropfen laufen mir die Wangen hinunter und kitzeln mich. Die Stimme von Sui rutscht in mein Ohr, ganz nah.
»Das habe ich gesagt, denn sonst hätte ich nicht hier bleiben dürfen. War das verkehrt?«
»Nein, nein ... das hast du gut gemacht. Sehr gut.«
»Du hast vierzig Fieber.«
»Ich weiß. Na gut ... ich bin's ja schon gewohnt.«
Ich fühle, wie sie lächelt. Ich fühle, wie sich ihre Lippen neben meinem Ohr ausdehnen. Sie muss ihren Kopf auf mein Kopfkissen gelegt haben. Ich würde mich so gerne zu ihr umdrehen, doch ich schaffe es nicht. Meine Nackenmuskeln weigern sich zu gehorchen, so als wäre das Drehen des Kopfes eine unnatürliche Bewegung und nur den Eulen vorbehalten.
»Dein Chef, der Kommissar, war hier. Er schien mir nicht allzu wütend zu sein, ansonsten habe ich es geschafft, ihn zu beruhigen. Unter Polizisten versteht sich. Ich habe ihm alles erzählt.«
»Und das heißt? Ich glaube, ich hab da noch irgendwas

verpasst ... weißt du, ich bin vor Schluss des Films aus dem Kino gegangen.«
Sie kommt noch näher. Ich fühle, wie sie es sich auf dem Kissen bequem macht und sich auf den Rand des Bettes stützt. Wahrscheinlich sitzt sie auf einem Stuhl. Gott, wie gerne möchte ich mich umdrehen ...
»Du hast Recht«, sagt sie. »Nachdem du die Besinnung verloren hattest, bin ich hinausgelaufen und habe die Polizei gerufen. Mein glatzköpfiger Landsmann und der Typ mit der Schachbrettmütze können vielleicht gerettet werden. Ich hoffe es ... nicht für sie, aber so werden wir etwas über den Verbrecherring der kleinen Sklaven erfahren. Die Kinder sind alle in die Obhut der Jugendbehörde gegeben worden. Vielleicht schaffen sie es, dass sie adoptiert werden, wenn nicht, dann werden sie wieder nach China zurückgeschickt, aber hoffentlich nicht. Du weißt, wie das ist ... wenn die Bösen ausgeschaltet sind, ist das Problem noch lange nicht gelöst und ihr Problem ist der Hunger zu Hause und die Ausbeutung hier.«
»Und Hô?«
»Um ihn werde ich mich kümmern. Ihm wird es gut gehen, du wirst sehen.«
»Und ich?«
Wieder lächelt sie. Sie hebt ein wenig den Kopf und ihre Lippen streifen mein Ohrläppchen. Der Drang, mich umzudrehen, lässt mich heftiger zittern als das Fieber, das meine Beine zum Glühen bringt.
»Du musst erst gesund werden. Dann zeigst du mir Bologna ... auf der Lambretta. Dein Chef hat gesagt, dass

du sie so lange behalten kannst, bis irgendjemand Anspruch darauf erhebt, und ich bezweifele, dass es jemand machen wird. Wir nehmen uns ein paar Tage Urlaub und du zeigst mir San Petronio, die zwei Türme, die Wallfahrtskirche von San Luca ...«

»Und dann?«

»Dann schauen wir mal ...«

Ich strenge mich an. Ich ziehe die Schulter- und die Rückenmuskeln zusammen und sogar die Bauchmuskeln, auch wenn sie mir gar nichts dabei nützen, aber es gelingt mir, mit einem leichten Knirschen den Kopf zu drehen, und ich komme mir vor wie das Mädchen im *Exorzist*. Aber ich schaffe es.

Da ist sie, Sui, auf meinem Kissen. Ganz nahe. Nase an Nase. Wunderschön, immer noch mysteriös, immer noch sinnlich.

»Na gut«, sage ich, »dann schauen wir mal. Und in der Zwischenzeit?«

»In der Zwischenzeit, das hier«, sagt sie.

Sie rutscht auf dem Kissen nach vorn und klebt ihre Lippen auf die meinen. Sie sind kühl, weich und süß, please, und ich stelle fest, dass ich nicht von ihnen geträumt hatte, no. Sie waren eine wahre Erinnerung.

Und während um mich herum wieder alles zu brodeln beginnt und mein Blick durch die blendenden Lichter vernebelt wird und ich überzeugt bin, dass in Kürze die Flasche vom Tropf überkocht und wie eine Bombe Nitroglyzerin explodieren wird, höre ich die Stimme von Angelica, die von oben zu mir herunterschallt, als stände sie aufrecht im Bett nebenan.

»ERWISCHT! JETZT RÜCKST DU ENTWEDER EINEN ZEHNER RAUS ODER ICH ERZÄHLE ES MAMMA!«

Kurze Ergänzung zu den Triaden

Mafia und Spaghetti, please . . . sie scheinen das Nonplusultra (und das Alleritalienischste) des Made in Italy zu sein, doch stattdessen, wie üblich, entdeckt man, dass auch sie bereits von den Chinesen erfunden worden sind. Na, sieh mal an.

Dass die Spaghetti bei uns und in der ganzen Welt bekannt wurden, darum hat sich Marco Polo gekümmert, aber die Triaden? Die Triaden sind eine Angelegenheit für Bullen wie mich, please. Nur die Ruhe, ich erkläre es euch:

Wie ich von Sui, von Kollegen aus der Bezirksdirektion Antimafia und durch eine megageile Homepage im Internet gelernt habe, scheint es, dass die erste Triade im XVII. Jahrhundert (das heißt? 1600 irgendwas, glaube ich ... ich hab keine Ahnung, als sie die römischen Zahlen in der Schule erklärten, war ich krank) von einer Gruppe buddhistischer Mönche im Kloster Fukien im Südosten Chinas gegründet wurde.

Der Gedanke der Klosterbrüder war es, die Mandschu-Dynastie zu stürzen, welche die der Ming entmachtet hatte. Doch im Laufe der Zeit entwickelten sie sich von einer Widerstandorganisation zu Tyrannen und wurden zu einem mächtigen Clan, der ganz unterschiedlichen Handel betrieb. Die eine Hälfte davon bestand aus dunklen und die andere aus noch dunkleren Geschäf-

ten. Ein bisschen wie die Mafia auf Sizilien, mehr oder weniger.
Die ehrenwerte chinesische Gesellschaft zieht vom kontinentalen China nach Taiwan und Hongkong und macht dann 1965, zooom, den großen Sprung auf die andere Seite des Ozeans, als in den JU ES EIH das Einwanderungsgesetz und die Einbürgerung der Chinesen beschlossen wird. Im darauf folgenden Jahr wandern 17.608 Chinesen aus China, Hongkong und Taiwan in die USA ein. Mit ihnen kommen aber auch die Kriminellen in das Land, wieder mehr oder weniger wie bei der italienischen Mafia. Am Anfang schmuggeln sie Drogen im Auftrag der *Cosa Nostra*, dann ziehen sie das Geschäft mit dem China White, dem reinsten Heroin, das in dem Goldenen Dreieck des Fernen Ostens hergestellt wird, alleine auf.
Glücksspiel, Prostitution, Verbrechen und vor allem der Handel mit Drogen sind die hauptsächlichen Aktivitäten, denen sich die chinesischen Mafiosi widmen. Und natürlich Menschenhandel mit illegalen Einwanderern wie Hô.
Die Triaden weiten den Handel mit dem Heroin aus dem Goldenen Dreieck auf Europa, Kanada und die Vereinigten Staaten aus. Ihre Hauptquartiere sind in Manchester, Perth, Vancouver und San Francisco (die vier Drachenstädte), aber auch in Wien und Budapest.
Das Zeichen der Triaden ist ein gleichschenkliges Dreieck, dessen Seiten die drei Grundkonzepte der Chinesen symbolisieren: Himmel, Erde und Mensch.
Und auch die Struktur einer jeden Triade ist pyrami-

denartig aufgebaut: An der Spitze steht der Shan Chu, der »Kopf des Drachen« oder der »Große Bruder«, der in unserem Fall zum Beispiel ein Typ wie Lu Yang wäre. Seinem Rang ist eine Zahl zugeordnet: die 489. Der Shan Chu ist der unumstrittene Chef, der sein Amt erst mit seinem Tode abgibt.

Dem Shan Chu wird ein Vizechef zur Seite gestellt, Fu Shan Chu, der oft auch die Rolle des Zeremonienmeisters innehat (auch er hat eine Nummer, die 438. Meine Lieblingsnummer ist die 4 . . ., aber das ist eine andere Geschichte). Der Vizechef ist Teil der Spitze der Organisation und wird häufig mit dem Ehrentitel *Doppelte Blume* bezeichnet. In der Triade von Hongkong fällt die Figur des Vizechefs oft mit der des Schatzmeisters oder Char So zusammen (einem Wahlmandat, dessen Amtszeit ein bis zwei Jahre dauert).

Der »Weiße Papierfächer« (Bak Tse Sin oder Pak Tse Sin oder Wie Auch Immer) und der »Rote Pfahl« (Hung Kwan) sind zwei wichtige Ränge im Mittelfeld. Der Erste ist eine Art Finanzberater. Er wird auch die Nummer Zehn genannt, die sich aus der Addition der drei Ziffern ergibt, die seinen Rang bezeichnen: 4, 1, 5 (ihr könnt Lotto mit ihnen spielen, wenn ihr wollt).

Der »Rote Pfahl« hingegen ist ein Mann der Kraft: Ihm gehorchen die Kampftruppen. Als Experte für Kampfkünste ist er auch als Nummer 12 (4+2+6) bekannt. Ein Roter Pfahl war zum Beispiel der Mann, den Sui verhaften und zum Auspacken überreden konnte, bevor ihn Lu Yang kaltmachte.

Zum Schluss gibt es die Sey Kow Jai, die Soldaten (49),

die bei ihrem Eintritt in die Triade ihrem Beschützer einen bestimmten Betrag zahlen und allerstrengste Verhaltensregeln befolgen müssen. Untereinander nennen sie sich »Brüder« und sind Typen wie Bürstenschnitt und Glatzkopf.

Und Schachbrettmütze? Mützchen hat nix damit zu tun . . . er ist Italiener aus Bologna und kein Chinese – und in die Triade werden nur Chinesen aufgenommen. Mützchen ist, wenn überhaupt, nur ein außenstehender, geheimer Mitarbeiter: Das heißt, er nutzt die kriminelle Organisation für seine schmutzigen und allerschmutzigsten Interessen aus. Ansonsten: HAT ER NIX DAMIT ZU SCHAFFEN, please.

Das Aufnahmeritual der Triade ist dem der sizilianischen Mafia ziemlich ähnlich. Gegen Ende einer langen Zeremonie, wenn man bei der wirklichen Initiation anlangt, wird ein gelbes Stück Papier mit den Namen der Anwärter und den 36 Schwüren (wenn ich mich nur noch an alle erinnern könnte . . .) den Flammen übergeben.

Die Asche wird mit Wein, Zinnoberrot und Zucker vermischt. Dann wird ein Hahn getötet, aber anstatt ihn zu grillen, was wesentlich besser wäre, wird sein Blut in einer Tasse aufgefangen, à la Voodoo.

Am Ende schneidet der Zeremonienmeister in den Mittelfinger der linken Hand des Neulings, bis er blutet. Während er diese sonderbare Mischung trinkt (Gott, wie eklig . . . für mich ein Bier, please), muss der Novize schwören, dass er die Gesellschaft nicht verraten und sich loyal gegenüber den anderen Mitgliedern verhalten wird.

In der letzten Zeit hat dieses Ritual einige Veränderungen durchlaufen: Aus Angst vor AIDS trinken die Frischlinge nicht mehr das Blut der anderen Kameraden, das in einer einzigen Schale vermischt wurde, sondern beschränken sich darauf, mit größter Vorsicht das eigene Blut aus dem Schnitt an ihrem Mittelfinger zu lutschen.
Die wichtigsten Hauptquartiere der Triaden sind in Hongkong und Taiwan. Es gibt vier Hauptgruppen: *Chiu Chao, Wo, 14K* und *Big Four*.
Die Chiu Chao beinhaltet vier Syndikate: Fuk Yee Hing, Sun Yee On, Gain Yee und Yee Kun, von denen das zweite in Hongkong am stärkten und mächtigsten ist.
14K ist nicht die Bezeichnung für ein goldenes Armband, sondern für den größten Rivalen von Sun Yee On. Die Mitglieder dieses Syndikats sind kantonesischen Ursprungs, die Organisation ist in Taiwan weit verzweigt und eine ihrer Haupteinnahmequellen ist der Handel mit Heroin.
Die Gruppe Wo, ebenfalls mit kantonesischen Mitgliedern, vereint einige mächtige Organisationen wie die Wo On Lok, die Wo Shen Wo, die Wo Yung Yee, die Wo Hop To, die Wo Laik Wo & die Wo Shen in sich (The Who, eine sagenumwobene Musikband aus den Siebziger Jahren, hat nichts damit zu tun).
In China und Hongkong sind zudem die Gruppen Ching und Big Circle sehr aktiv (diese letzten beiden sind zwar eigentlich keine wirklichen Triaden, doch haben sie sich einige typische Praktiken zu Eigen ge-

macht, wie zum Beispiel diejenigen, die ihrer Pflicht nicht nachkommen, mit Hilfe eines Küchenbeils in dünne Scheiben zu tranchieren. Deshalb Obacht in Hongkong, wenn ihr *Rindfleisch in Fünf Farben* in einem Restaurant mit dubiosem Ruf bestellt).

Andere Gruppen – mit taiwanesischem Ursprung – sind die United Bamboo, Four Seas Gang, Tien Dao Mon und Chao Tong.

Gemäß einer Schätzung der Royal Hong Kong Police Force (RHKP) gibt es heute allein in Hongkong ungefähr 30 Triaden mit einem Heer von 70.000 bis 120.000 Mitgliedern. Nicht übel, was?!

Carlo Lucarelli

HELDENGEDICHTE

Ich erinnere mich an einen Besuch im Haus meines Großvaters, als ich zwölf war. Ich hatte den Kopf voll von den Heldengedichten, die wir damals in der Schule durchnahmen, und hätte gern einer schönen Geschichte gelauscht. Welcher, wusste ich auch nicht so recht, irgendeiner Kriegsgeschichte mit modernen Soldaten, die gegen die mythischen Ungeheuer kämpfen, mit einer schönen Frau und einem sagenhaften Schatz und einem Freund, der stirbt, um einen anderen zu retten ... ich schaue in die Programmzeitschrift und sehe, dass im Fernsehen nichts dergleichen kommt. Ich schaue in die Zeitung und sehe, dass auch das Kino keine solche Geschichte zeigt. Selbst im Bücherregal meines Großvaters steht kein solcher Roman. Was tun?

Ich könnte sie mir ja selbst erzählen, überlegte ich. Aber wie? Ich bin schon zu groß, um mich mit Spielzeugsoldaten abzugeben und auf dem Boden knieend Kommandos zu geben *Vorwärts, Zum Angriff, Verdammt, arghh...* das geht nicht. Ich könnte sie zeichnen, als Comic, aber zeichnen konnte ich noch nie. Ich könnte einen Film drehen, aber dazu braucht man viel zu viel Geld und Zeit. Das geht auch nicht.
Da fiel mir ein, dass die Lehrerinnen schon in der

Grundschule und auch später immer sagten, dass ich *gut in Italienisch* sei.
Dann schreibe ich sie eben selbst, dachte ich. Mal sehen, ob das geht.
Und ich begann diese Geschichte aufzuschreiben, infantil, holprig, stilistisch missraten. Dann schrieb ich noch eine, die schon ein bisschen besser war, danach noch eine, schönere und gelungenere, noch eine und noch eine und seitdem habe ich nicht mehr aufgehört.

Paul Zindel

Raptor
Besuch aus der Urzeit

Jurassic Park war nur ein Alptraum – dies hier ist die Wirklichkeit:

Als der Paläontologe Dr. Norak am Fuß des Silver Mountain ein Nest mit »Dinosauriereiern« entdeckt, glaubt er zunächst an einen Jux seiner Studenten. Doch dann steht er plötzlich einer urzeitlichen Bestie gegenüber und weiß, dass das Unglaubliche wahr ist! Bevor er jedoch über seinen Fund berichten kann, wird der Wissenschaftler von einem Erdrutsch begraben. Es sind sein Sohn Zack und dessen Freundin Uta, die als nächste die Existenz der mörderischen Echsen entdecken. Tief unten im Höhlenlabyrinth des Silver Mountain nimmt ein alptraumhaftes Abenteuer seinen Lauf…

Ein Buch wie ein Kinothriller!

Kristina Dunker

Helden der City

Großstadtkids auf der gefählichen Suche nach dem ultimativen Kick. Ein authentischer, rasanter Roman der jungen Autorin – passend zu maktuellen Thema »Extremsport«.

»Das lass ich nicht auf mir sitzen«, denkt Vivi »ich blamier mich doch nicht vor meinem Ex«. Hier oben, sechzig Meter über der Erde, hat sie unglaubliche Angst, aber trotzdem – sie wagt den letzten Schritt!
Der Bungeesprung ist aber erst der Anfang: Immer extremer werden die Aktionen der Clique, bis sie schließlich mit ihren Skatern das Dach einer alten Fabrik erobern. Schon sehen sie sich als strahlende Sieger des ersten »Roof-Skater-Worldcup« –
da begegnet ihnen völlig unerwartet eine Mutprobe ganz anderer Art…

168 Seiten. Gebunden. Ab 13

Arena

Carlos Puerto

Der Blick
Eine Liebesgeschichte in c-moll

Ada, die junge Cellistin, blickt gedankenverloren auf ihre Partitur. Schon herrscht atemlose Stille in Konzertsaal, gleich soll sie Mahlers 2. Symphonie spielen, doch die Noten verschwimmen vor ihren Augen. Andrés ist nicht gekommen. Andrés, den sie nach einem glücklichen Sommer in Paris für die Liebe ihres Lebens hielt – Andrés, der sie, wieder zu Hause in Madrid, viel zu oft alleine ließ, weil seine Karriere ihm über alles ging. Und dann, nach dem Unglück, bei dem Ada sich durch eine Blutkonserve mit dem HI-Virus infizierte, beschuldigte er sie sogar ihn betrogen zu haben. Da hat sie ihn verlassen. Ihre Familie, die Musik, die Stärke ihrer Freundin Mavi geben Ada nun die Kraft, über die Angst hinauszuwachsen und zu ihrem eigenen Weg zu finden – zurück ins Leben.

»Beim Musizieren gelangt man über sich selbst hinaus, in einen rauschhaften Zustand, man fühlt sich verlassen und sehr glücklich zugleich.«
Die große Cellistin Jacqueline du Pré

176 Seiten. Gebunden. Ab 13